Надежда в каждом шаге

VLADARG DELSAT

EDITED BY
RIDERO

Оглавление

Новая жизнь

Внезапно осознав, что жива, я открыла глаза. Слева что-то пиликало. Это означало — я опять в реанимации. Дышалось легко, чуть шумел в маске кислород. Это тоже кое-что значило, наверное, но мне было непонятно, что именно. Маска наводила на мысль о том, что я умерла. Я знала, что умру, давно уже знала и... мне было все равно, только хотелось поскорее, потому что я устала. Я вспомнила, что меня зовут Марьяна. Это имя мне дали родители, которые... Подступили слезы, захотелось плакать.

Оставалось некоторое время до прихода врачей, которым монитор все сказал. Еще Катин папа рассказывал, что мониторы все говорят. Когда умирают, то вокруг суетятся, я помню… Но докторов пока не было, значит… Я не знаю, что это значит. Может быть, я ненадолго умерла? Тогда они точно сейчас придут. Если я умерла… Зачем меня вернули? Ну за что? Опять захотелось плакать, поэтому я начала вспоминать, с чего все началось.

Мне было лет пять, когда обнаружилось, что у меня возникают синяки, будто сами собой. Потом вдруг начали болеть пальцы. Они сгибались в любую сторону и почему-то болели. Я была маленькой и не знала, что это нужно скрывать, поэтому пожаловалась маме. Мама разволновалась и отвела меня к врачу. Тот покрутил мои руки, посмотрел в полные слез глаза, но как-то очень равнодушно, и сказал, что так болеть не может и я все выдумала, чтобы выпросить чего-нибудь. Мама очень рассердилась, привела домой, где сняла с меня… ну… все, чтобы больно побить какой-то палочкой. У меня пошла кровь, потому что кожа очень тонкая — через нее видны все вены, особенно на груди. Было очень больно, и я, конечно, кричала. Но после палочки болеть, где всегда, стало меньше, недолго, конечно, поэтому я поняла, что так правильно. Если бы я знала, чем это все закончится...

До школы все мои усилия уходили на то, чтобы не расплакаться от боли. Теперь меня наказывали широким ремнем, от которого не шла кровь, но тоже получалось очень больно. Зато потом было не так больно писать. Я всегда была маленькой, даже сейчас выгляжу лет на восемь, хотя мне тринадцать, поэтому, наверное, били меня не часто — просто, чтобы не придумывала. А в восемь лет мне даже начало нравиться, когда наказывают, потому что потом становилось легче дышать. Я уже не сопротивлялась и охотно приходила, когда меня хотели налупить.

У нас в классе была девочка по имени Катя, ее папа спас мне жизнь. Хотя я так и не поняла зачем. У Кати тоже была тонкая кожа и гнулись пальцы, но ей поверили, а когда я пожаловалась на то, что болит, меня послали... к психиатру. Это сейчас я знаю, что это был психиатр. А тогда я обрадовалась доктору и все-все ему рассказала, а он... Он меня обманул. Дядя доктор сказал, что теперь все будет хорошо, а сам написал, что я все выдумываю и от этого надо лечить уколами. Уколы — это очень больно, даже больнее, чем ремень. Но и после уколов мне становилось легче дышать и уже не так болели пальцы, поэтому я повеселела. Катя рассказала своему папе, и тот поговорил с моими родителями, а они рассердились. Поэтому я в школу не ходила неделю — от ремня что-то сломалось, у меня была температура и... не помню. Я попросила Катю передать папе, что не надо с родителями говорить, потому что от этого очень больно. Моя подружка плакала. Она попросила посмотреть на... результат, а я что? Мне не жалко... Вот потом она плакала. Ей с папой повезло, а мне...

Потом мне было десять, и на уроке у меня... Расскажу по порядку. Это все из-за контрольной, за которую я получила двойку, потому что ничего не помнила и с трудом дышала. В классе было душно, и мне не хватало воздуха, как будто душили. Пожаловаться я побоялась. А потом учительница сказала, что я разленилась и она будет за мной следить. Что это означало, я не поняла, потому что опять старалась дышать, но не получалось. Катя тоже разволновалась и попросила вызвать папу. Ей учительница побоялась отказать, потому что Катин папа очень страшный для школы. Потом учительница вернулась, а я никак не могла вдохнуть, и она ударила меня по лицу, кажется, и сказала, чтобы я не притворялась. Последнее, что я помню — это Катиного папу. Он понял, что я сейчас умру, и оживил обратно. А потом была больница.

Доктора в больнице тоже поняли, что мне плохо, и что-то сделали такое, отчего стало совсем не больно. Только вот домой я не вернулась. Когда я узнала, что родители… Я… Мне тяжело говорить об этом, честно. Оказалось, что я не родная их доченька, а удочеренная, и они… Они сказали, что «не хотят класть свою жизнь» на… на такую, как я. Тогда я умерла второй раз. Родители от меня отказались, выкинув, как котенка, из дома, я пока лежала в больнице. А потом был детский дом для таких… инвалидов. Там было очень грустно. О нас заботились, но там не было мамы.

Вот тогда я очень хотела умереть, но меня разыскали Катя и ее папа. Катя сидела в инвалидной коляске, потому что больше не могла ходить. Я — могла. Было очень больно, но я ходила — только бы не в коляску. Потому что с девочками в колясках тут такое делали…

— Марьяна, хочешь жить с нами? — поинтересовался Катин папа, и я расплакалась, но почему-то ему не разрешили взять меня.

Подруга тоже плакала, но злые тетеньки все равно не разрешили меня забрать. Из-за каких-то циферок. И я осталась в детском доме, где была совсем никому не нужна, хотя Катя и ее папа приходили ко мне... Мне сказали, что у Катиного папы денежек мало для нас двоих. В этот миг я возненавидела злых тетенек, считавших денежки и не видевших меня за ними. Или еще за чем-то... Неужели они думали, что мне легче там, где я никому не нужна?

В детском доме была библиотека, и я читала книжки. Одна из них меня очень сильно увлекла. Там говорилось не о девочке, а о мальчике, но он тоже никому не был нужен. Мальчик Вилли жил в приюте — это в Германии так детский дом называется, я специально спрашивала! Так вот, он жил в приюте, его там ненавидели и не любили, а меня только не любят, но всем все равно. И еще там была воспиталка такая — злая тетка, которой нравилось бить Вилли. А ему это не нравилось, не знаю почему... Я бы согласилась, чтобы побили, лишь бы быть нужной. А потом узналось, что Вилли выбрали, чтобы забрать в волшебную академию, где учили всех лечить. Наверное, и меня бы смогли — академия же волшебная? Наверное, зря я думала, что это сказка, потому что мама и папа Вилли кому-то мешали. За это их убили, а его не стали почему-то.

В академии было много лестниц, и какой-то «фенке» скидывал Вилли с лестниц — наверное, хотел убить, а кто это и за что, я не поняла. Я не очень умная, на самом деле. В школе это тоже знали, потому что называли меня нехорошими словами и еще «калекой», но я же все равно знала, что умру, так что это было неважно. Иногда мне хотелось стать Вилли Шмидтом или Ингрид Шиллер из книжки, потому что они дружили. А самое главное — им не было постоянно больно. А еще хотелось увидеть академию Грасвангталь, узнать, что такое Лес Сказок и Гора Рюбецаль. Наверное, это очень красиво. Эта книжка стала для меня самой любимой, хотя она и о Германии, где я никогда не была и уже не побываю. Потому что умру. Мне так сказали — «каждый день может быть последним», поэтому я ждала, когда, наконец. Потому что сил больше не было ни на что.

Я разочаровалась во всем... А вчера, кажется, опять умерла. Совсем не помню, что было вчера, ну да это и неважно. Слишком долго единственными моими подругами оставались книги. Ну и Катя, конечно. Я читала книжку за книжкой, будто переносилась в другие миры, но, видимо, пришел и мой срок. Я знала, что умру...

Был ли шанс выжить у Марьяны? Был, конечно. Если бы не депрессия, не очень сложное течение болезни, не равнодушие... Девочка умерла и отправилась в свое новое путешествие в надежде на то, что там будет небольно. Или будет хотя бы тепло. Возможно, тот, кто оценивает нас самих, решил, что она заслуживает не только нового шанса, но и новых испытаний.

Во вполне обычную палату вошел какой-то необычный доктор. Он носил не белое, а нежно-голубое, и это было непривычно. Доктор посмотрел на приборы, потом что-то поправил в капельнице и только после этого посветил мне в глаза фонариком. Наверное, хотел узнать, реагирую ли я на свет. Я зажмурилась, а он улыбнулся и заговорил со мной. Только потом я поняла, что мы говорили по-немецки, а в тот момент просто удивилась тому, как он меня назвал. Как в книжке!

— Фрау* Шмидт, вы всех напугали. — Доктор внимательно смотрел на меня, отчего в голове бродили самые разные мысли. — Вы меня понимаете?

— Понимаю, — кивнула я, тихо охнув. Сейчас у меня болели суставы, а не пальцы, но, казалось, что болит абсолютно все. А еще... Я совершенно не знала, что происходило с фрау Шмидт. Даже как ее, то есть уже, получается, меня, зовут понятия не имела. — А как меня зовут?

— Габриела вас зовут, — вздохнул доктор, а потом вдруг погладил меня по голове.

Это оказалось так приятно, что я потянулась за его рукой, прося еще. Я не понимала,

---

* Обращение «фройляйн» считается устаревшим и не используется. (Здесь и далее прим. автора.)

что со мной творится. Все было таким странным...

— Не пугайтесь своего состояния. После клинической смерти потеря памяти возможна. Из хороших новостей — шрам будет совсем незаметным.

Почему-то мне показалось, что эти слова имели какой-то скрытый смысл, но я все поняла, конечно, по-своему.

— Спасибо, доктор, — поблагодарила я, потому что надо же быть вежливой.

Новость про шрам и правда была очень хорошей. Она означала, что в меня хотя бы не будут тыкать пальцем. Интересно, Вилли Шмидт — это мой брат? В книжке никакой сестры у него не было. Наверное, поэтому и не было, что я умерла...

Доктор ушел по делам, а я все думала о том, что меня ждет. В то, что я здоровая, мне не верилось, да и руки с ногами на то же намекали. А если в приюте — ну, в книжке же был приют, потому что там мальчик был сиротой, — ко мне относились так же, как написано в книге, то это значило... Значит, будут лупить, и можно будет протянуть до академии! А в немецких школах детей били, я точно знаю, только не помню, в каких годах, но наша учительница нам часто говорила, что с удовольствием бы всех нас... «Значит, — подумалось мне, — в школе тоже можно будет получить то, от чего легче дышится. И в академии потом, наверное, тоже?» Жизнь казалась уже не такой ужасающей, потому что если раньше я просто никому не была нужна, то сейчас меня хотя бы ненавидели — ну, если я в книжке, — а это тоже чувства.

Я лежала и думала о том, что, наверное, Марьяна умерла. Наконец-то. Но вот почему я опять стала той, кому больно, ускользало от моего понимания. В голову прокралась мысль, что это просто ад такой. Я же, когда была Марьяной, заболела и этим сделала плохо мамочке и папочке, вот за это меня и наказали так, что теперь опять больно. А впереди страшная академия. Она волшебная, но на самом деле страшная, потому что там много лестниц. А лестницы — это больно. Может быть, там меня тоже убьют? Ведь в книжке хотели же, но мальчик этот, Вилли, он хотел жить, а я... А мне незачем. Интересно, сколько мне лет? И как я выгляжу? Ведь точно же не Марьяной, правильно?

Я не ждала, что ко мне кто-то придет, но все-таки пришли. Это была женщина, худая, одетая в какое-то странное платье, на униформу похожее, как в фильмах про войну. Я точно ее не знала, но кого-то она мне напоминала... Ну, наверное, ту тетеньку из книжки, которая любила бить Вилли. «Наверное, она из детского дома или приюта», — подумалось мне, потому что лицо женщины ничего не выражало.

Странная дама подошла поближе, вгляделась в меня и...

— Уродка проклятая, — почти шепотом произнесла она. — Когда уже ты сдохнешь!

— Здравствуйте, — ответила я и спросила: — Простите, а вы кто?

— Ах ты дерьмо! — замахнулась на меня женщина.

Тут резко открылась дверь, и кто-то в докторской одежде не дал ей меня ударить. Потом приехала полиция, были еще доктора, меня о чем-то спрашивали, но в ушах что-то гудело, не давая мне понять, что происходит. Я ничего не слышала, растерянно глядя на людей вокруг, но они не понимали, что я не слышу, а потом замигал аппарат у кровати и выключили свет.

— Ты меня понимаешь?

Передо мной снова стоял тот самый доктор. Он смотрел мне в глаза, будто пытаясь там что-то прочитать, но мне было все равно.

— Понимаю, — кивнула я, и свет снова погас.

Когда я проснулась в следующий раз, со мной что-то делали. Страшно не было — только интересно, зачем втыкают трубочку... ну, «туда». И еще с попой что-то делали, но небольно. А еще прозвучало слово «хоспис», и я поняла, что умираю. Я расстроилась, ведь в хосписе умирают долго и мучаются — я слышала рассказы об этом, когда была Марьяной, — а мне хотелось умереть побыстрее. Но пришел какой-то дядя, похожий на ангела — у него даже нимб имелся*, — и сказал, что хосписа не будет, потому что он меня заберет. Я поняла, что этот дядя — смерть, потому что у немцев она мужского пола. Я очень обрадова-

____

* Когда лампа подсвечивает сзади, кажется, что у доктора вокруг головы ореол, особенно если пациента подводит зрение.

лась и согласилась — ну, чтобы он меня забрал. А дядя, который Смерть, рассказывал, что теперь все будет хорошо и мы все станем жить в большом доме, светлом и комфортном. Я даже хихикнула — могилу мне еще никто так не описывал.

Прошел, наверное, месяц, и у меня выдернули из... — ну, «оттуда» — трубочку и посадили в инвалидную коляску, отчего я, конечно, заплакала. Рядом появился какой-то кудрявый мальчик, которого дядя Смерть называл «сынок». Оказалось, что и у Смерти есть дети, только я одна и никому не нужная. Этот мальчик, который сын Смерти, погладил меня и начал уговаривать не пугаться, потому что все будет хорошо. А потом он обнял меня, и я приготовилась умирать.

— Что ты делаешь? — спросил меня мальчик.

— Готовлюсь к смерти, — честно ответила я. — Когда умирают, то писаются и какаются, я знаю, поэтому нужно сидеть так, чтобы потом тетеньки не ругались, что много мыть.

— Ты не умрешь, — сказал этот мальчик, оглянувшись.

Сразу же подошел этот дяденька, который

Смерть, и взял меня на руки. Это оказалось так нежно, так тепло, что я опять расплакалась, потому что не могла сдержаться.

— Почему она плачет, папа? — спросил кудрявый мальчик, кого-то мне напомнивший.

— Потому что у нее не было никого, сынок, — ответил дяденька, державший меня на руках. — Депрессия — самый страшный палач особенных детей.

Меня посадили в машину и куда-то повезли. Наверное, на кладбище, чтобы там закопать. Я же никому не нужна, куда еще меня везти из больницы? Или в детский дом, или на кладбище...

Жених

Мы приехали не на кладбище, а в какой-то дом. Там нас встретила женщина, но не такая, как та, что приходила в палату, а совсем другая. Она была доброй. Сказала, что зовут ее тетя Эльза, но я могу называть... мамой. Я опять плакала, потому что у меня появилась мама, настоящая, представляете? А тот, которого я назвала смертью, оказался папой. А кудрявого мальчика звали Германом. Я совершенно точно попала в сказку, потому что такого со мной произойти не могло.

— Хочешь, мы тебя удочерим? — спросил новый папа.

— А можно не удочерять? — поинтересовалась я и сразу же объяснила. — Ну как бы понарошку, я тогда буду представлять, что Герман мой жених и у меня будет будущее.

Папа улыбнулся, а мальчик — он тоже слышал, что я сказала, — кажется, хотел заплакать.

— Тебе нужен жених для будущего? — заулыбалась мама.

— Ну, если есть жених, — рассказала я свои мысли, — тогда когда-нибудь будет семья... Я знаю, что все равно умру, но просто понарошку, можно?

Мама заплакала и разрешила, а Герман обнял меня и рассказывал, какая я хорошая. Стало так тепло-тепло, что прямо невозможно как. У меня совсем не было слов, а только слезы. В этот день я много плакала, больше, чем, кажется, за всю жизнь.

За обедом оказалось, что силы воли у меня мало и от боли льются слезы. Папа меня даже наругал немножко.

— Нельзя терпеть боль, — сказал он, погладив меня. — Если больно, нужно сказать.

Я была готова к тому, что папа ремешок возьмет, а он гладил и ругал так мягко, что опять хотелось плакать.

— А ты меня психиатру не отдашь? — спросила я, потому что... ну... — Не надо психиатру, пожалуйста.

— Бедный ребенок, — обняла меня мама. — Что же ты пережила...

— Никто тебя не отдаст никакому психиатру.

Я заметила, что от этого слова Герман сильно побледнел. Наверное, он тоже боялся того обманщика. А папа рассказывал, что он поможет сделать так, чтобы не болело. И я поверила, конечно. А Герман взял ложку из моих дрожавших от боли рук и начал меня кормить, как маленькую. Есть не хотелось, но я же послушная...

— Давай еще немножко покушаем, — сказал мне мальчик. — А потом будешь отдыхать, а я пока уроки сделаю.

— А можно и я с тобой? — попросила я, как могла жалобно, и мой «жених» согласился.

Герман совсем не возражал против того, чтобы быть женихом. Я его даже спросила почему, а он ответил:

— Ты чудо. — И погладил по голове так ласково, что я зажмурилась от удовольствия.

Ой, забыла! Оказалось, что мне десять лет

и до страшной академии еще почти год. А в зеркале я не похожа на Марьяну, вот совсем. Значит, точно умерла и стала новой. В книжках писали про такое, не помню, как называется. А академия в книжке была, ну я и подумала, что, если фамилии такие же, значит я в книжке, правильно?

Герман сел за уроки, а я подкатилась поближе, чтобы не мешать, но тоже что-то делать. Он положил передо мной книжку по истории и строго-настрого наказал ему не мешать. Поэтому я читала историю и не мешала, вообразив себе, что если я ему помешаю, то он сильно расстроится, а расстраивать своего «жениха», пусть даже и понарошку, но все равно не хотелось. Герман решал пример и расстраивался, потому что что-то не получалось. Заглянув в тетрадку, я почти сразу увидела, что в самом начале он минус на плюс перепутал. У меня тоже так бывало, поэтому я и увидела. Я сидела и мучилась, Герман тоже мучился, поэтому я и не выдержала.

— Герман, — тихо позвала я его и потрогала за рукав. — Можно я тебе немножко помешаю, а ты меня за это побьешь?

— Ох... — Сначала мальчик рассердился,

но потом, услышав, что я предлагаю, просто обнял и прижал к себе. — Котеночек ты мой. — Это было так нежно, что я всхлипнула. — Что случилось у моей хорошей?

Герман был как будто намного старше меня, мудрый, такой добрый и ласковый... Я просто не могла не плакать.

— Ты тут минус с плюсом перепутал, — осторожно показала я и сразу же зажмурилась от страха.

— Спасибо, котеночек, — мягко поблагодарил меня мальчик и погладил, отчего глаза сами открылись. Почему-то он совсем на меня не сердился, несмотря на то что я ему помешала.

А потом он быстро доделал уроки и начал спрашивать меня по истории — ну, то, что я прочитала. Где-то в середине стало почему-то страшно, а Герман это как-то почувствовал и прекратил спрашивать, хотя я ожидала, что он начнет меня ругать, потому что я половину забыла. Но мой «жених» как-то обо всем догадался, отложил книжку и принялся меня обнимать, а потом уложил в постель и хотел уйти, но я посмотрела так жалобно-жалобно, что он остался.

За ужином я опять не могла поесть сама, меня Герман покормил, а папа почему-то хмурился. Мне стало немного страшно. Если бы не памперс, то я, наверное, описалась бы, но новый папа все предусмотрел, и я просто… ну…. Папа сказал, что после ка-те-те-ра многие писаются и ничего страшного в этом нет, подгузник — это для того, чтобы мне было комфортно и я не плакала. Было так странно, оттого что кому-то есть до меня дело. Папа еще сказал, что он будет думать, как мне помочь, а я немножко боялась.

Когда я была Марьяной, меня наказывали по вечерам, поэтому и сегодня я без напоминания подъехала к папе и с трудом полезла на его колени животом, чтобы он мог меня наказать, ведь я очень провинилась.

Папа даже не понял, что я делаю. Он молчал и только придерживал меня руками, чтобы я не упала.

— Что ты делаешь, доченька? — спросила мама.

— Ну, я провинилась сегодня, — отдуваясь,

объяснила я ей. — Значит, мне положен ремешок.

Оглянувшись, я увидела, какие большие глаза у Германа. Он сильно удивился, а почему, я не поняла.

— А как ты провинилась? — уточнила мама, что-то показав папе.

Тот поднял меня и уложил животом к себе на колени. Юбку я задрала сама, а трусики, ну, которые подгузник, сдвинуть не получилось.

— Ну, я отвлекла Германа, потом не смогла сама поесть и еще... — отвечала я все тише, потому что опять стало страшно. — Еще не все ответила...

— Герман? — позвала мама.

— Рие мне с примером помогла. А то, что не все запомнила по истории, так и не ожидал никто, — пояснил «жених».

Он как-то сразу начал меня называть «Рие», а не «Габриела», а я не против, потому что звучало это очень нежно. Что Герман делал сейчас, мне было не видно.

— Доченька, ты хочешь, чтобы тебя наказали? — наконец подал голос папа и погладил меня по спине. — Или просто думаешь, что все равно накажут?

— Когда наказывают, мне легче дышать и не так страшно, — призналась я, сжавшись. Ну, а вдруг прогонит?

— А боишься ты боли?

Папа, конечно, почувствовал, что я сжимаюсь, поэтому еще и по голове погладил.

— Что прогонят, — тихо ответила я.

Жалко, что в такой позе мне не были видны их лица.

Тут папа пересадил меня обратно в кресло. Он поднялся и куда-то ушел, а потом вернулся со стетоскопом — это такой аппарат с двумя трубками, которым грудь слушают.

— Тебя никто никогда не прогонит, — строго произнесла мама. — Ты наша доченька навсегда, запомнила?

— Да, — кивнула я, отчего в глазах немного потемнело. — А по попе?

— А по попе ты не заслужила еще, — задумчиво пробормотал папа, что-то слушая. — Вот кажется мне, это рестрикция*, но откуда?

— От анамнеза † зависит, — непонятно сказала мама.

---

* Нарушение расширения легких на вдохе.
† Анамнез — история болезни или/и жизни.

Она поднялась, подошла ко мне, присела на корточки и обняла. Мне стало так тепло, что я совсем расслабилась.

— Ты не знаешь, где жила?

— Точно не знаю, но, кажется, в кладовке, — ответила я то, что читала в книгах, когда была Марьяной.

Мама сделала большие глаза, а Герман уже и вовсе напоминал сову. Он смотрел на меня даже не моргая, а потом кинулся обнимать, обещая, что никто и никогда меня больше не тронет.

Папа куда-то уехал, потом вернулся с большим синим цилиндром. Оказалось, что это медицинский кислород. Мне на лицо надели маску, и дышать сразу стало очень легко, а папа просто вздохнул. А на мой палец нацепили такую... прищепку*. Она светилась красным, и папа смотрел в экран небольшого прибора и гладил себя по голове. Потом мама со мной долго разговаривала, все расспрашивала меня, почему я думаю, что умру. Ну я и рассказала все, что знала. Потом меня

____

* Сенсор пульсоксиметра — прибор для наблюдения за показателями пульса и насыщения крови кислородом.

помыли и уложили спать, прямо с маской, прищепкой и прибором. Было немного жалко расставаться с Германом, но, может быть, я завтра проснусь?

Я спала, смотрела какие-то совершенно волшебные сны и впервые не хотела умирать. Я видела, как уже большой Герман надевает мне на палец колечко, называя любимой. Жалко, что это только сон...

Цена

Эльза сидела рядом с Герхардом, рассказывая то, что ей удалось узнать от Габриелы. Герман честно подслушивал. Во-первых, ему было интересно. Во-вторых, называя мальчика «женихом», девочка задевала какие-то струны в его душе, заставляя разобраться в ситуации. Как еще раздобыть информацию, Герман не знал, поэтому притаился за диваном, слушая беседу родителей, чего раньше не делал.

— Синдром Элерса — Данлоса*, — задумчиво повторил за супругой мужчина. — И бо-

____

* Наследственное нарушение развития коллагеновых структур.

левой синдром высокой интенсивности, потому что все делала через «не могу». Надо разобраться, как ей облегчить боли.

— Спроси коллег, чего проще, — улыбнулась жена.

Эльза видела и боль Габриелы, и «откат»[*] по возрасту, что опять же говорило об очень непростой жизни ребенка, но она верила в мужа. А прежними опекунами-садистами уже занимались полиция и психиатры. В школу, куда ходила девочка, полиция тоже наведалась и обнаружила там множественные нарушения.

В этот момент Герман не выдержал и подал голос.

— Папа, когда Рие кивает, у нее синкопе[†], — поделился своими наблюдениями мальчик.

— Да, надо посмотреть шею, — кивнул Герхард, жестом подзывая сына. — Ты как насчет того, что стал «женихом»?

— Ей это очень нужно, папа, — серьезно ответил Герман. — А не любить Габриелу

---

[*] Здесь: снижение психологического возраста в связи с перенесенными или переносимыми стрессовыми ситуациями.

[†] Предобморочное или обморочное состояние.

невозможно. Пусть хоть мужем зовет, лишь бы жила.

В этой фразе было столько нежности, что Эльза внимательно взглянула на сына и опять чему-то улыбнулась.

— Значит, я покопаюсь в литературе и поспрашиваю коллег, — решил доктор Штиллер. — Пока не разберемся, как облегчить состояние Габриелы, обращаемся с ней, как с пятилетней — максимум ласки и заботы. И надо будет решить с кислородом... Утром отвезем девочку в больницу и будем искать.

— Главное — чтобы она не подумала о предательстве, — тихо произнесла женщина. — Она и так считает, что долго не проживет...

Проснулась я снова в больнице. Как это узнала? По запаху и писку рядом. Наверное, я опять умерла... Интересно, я все еще фрау Шмидт или теперь меня зовут иначе? Открыв глаза, увидела Германа. Он сидел рядом и гладил меня по голове. Значит, Штиллеров у меня не отняли. От этого стало тепло. Заметив, что мои глаза открылись, мой «жених» наклонился и поцеловал их — насколько это было возможно с маской.

— Напугала ты нас сегодня, котеночек, — сказал Герман. Очень ласково, между прочим. — Сейчас я папу позову, и будет обследование, а потом домой, да?

— Да, — прошептала я, ловя его руку. — А можно... чтобы ты был рядом?

Может быть, он и не хочет, а я его заставляю? Но мне это так нужно — просто нет слов как!

— Конечно, я буду рядом, ведь ты моя невеста.

Он произнес это слово так, как будто оно не понарошку, а на самом деле. От этого опять захотелось плакать.

— Я тебя люблю, — сказала я ему.

«Жених» только улыбнулся и ответил, что все будет хорошо. Я ему верю, потому что это Герман.

Чуть погодя из меня высосали кровь, а потом покормили и начали возить на рентген и в такое большое кольцо, в котором громко и страшно. Странно, но я как будто стала совсем маленькой. Наверное, это пройдет, хоть и не хотелось бы, чтобы проходило. Папа принес такой воротник специальный, надел мне на шею и велел не снимать, а то будет очень плохо. Но я же решила быть послушной? Так и сказала папочке, что я послушная, хотя кивать теперь не получается. Зато стало легче дышать, даже когда маску сняли, чтобы еще раз покормить. Меня Герман покормил, потому что я его котенок, он сам так говорит. Так тепло быть чьей-то...

Потом мы поехали домой. Герман сказал, что мы теперь будем вместе спать, потому что жених и невеста, но я догадалась почему. Если опекуны сильно били, то ночью могут быть кошмары, а каждый день просыпаться в больнице плохо — кому угодно надоест. А я не хочу, чтобы надоело маме и папе... И чтобы Герману надоело... Потому что я без него, наверное, уже не смогу. Как мало времени прошло, а он уже стал для меня дороже всего. Почему так? Я не знаю...

— Ну что, котеночек, давай я тебе помогу.

Мой жених — наверное, уже не понарошку, пусть даже он выберет не меня, но я просто буду верить, потому что надо же во что-то верить, — он очень ласковый, а я его не стесняюсь, чего тут стесняться-то...

— Ты чудесный, — сказала я ему, отчего была поцелована в животик, потому что Герман надевал мне подгузник — мы ехали домой. — Тебе совсем не противно?

— А кто будет говорить глупости, у того попа болеть будет, — улыбнулся мне жених.

— Я согласна, — улыбнулась я ему, потому что действительно на все согласна, если это будет он. А Герман меня просто обнял, прижимая к себе, отчего опять стало тепло.

Дома меня расположили в кресле. Оказалось, что с воротником я нормально дышу и мне не страшно, и на ночь его не снимут, конечно, чтобы я сладко спала. Пока Герман куда-то уходил, я начала отвлекать маму Эльзу своими глупыми разговорами. Мама отложила все, чем занималась, и принялась слушать меня.

— Для меня Герман вдруг стал самым-самым, — сказала я. — И я на все согласна, если это будет он, а почему так, не знаю...

— Импринтинг, — непонятно произнесла мамочка, а потом объяснила: — У тебя никого не было, а теперь появилась семья. Тебе внутри хочется стабильности, поэтому так и случилось. В этом нет ничего страшного, не пугайся.

— Я не пугаюсь, ведь это же Герман. Все, что он делает, правильно.

Мама покачала головой и отдала меня вернувшемуся сыну, а я... вцепилась в него. Вечером папа сказал, что Герман пока тоже поучится дома, потому что... Оказывается, я важная... Я совсем не поняла, как так случилось, что я вдруг оказалась важной. От этого снова захотелось плакать. Наверное, я плакса.

Папа принес какие-то штуки, которые надел мне на руки. Штуки обхватили запястья, и те уже не сгибались так легко, зато почти совсем перестали болеть от каждого движения. Это была такая радость! А еще у меня появилась моя специальная щетка для зубов и особенные вилки-ложки. Сначала было страшно, но потом...

— Отчего ты плачешь?

Герман, кажется, испугался за меня, но я сейчас от радости плакала, потому что могу сама.

— Я могу... Понимаешь? Я могу! — Я действительно могла сама поесть, хоть и не быстро, но могла. И впервые сегодня почистила зубы без боли. — Я вас так всех люблю!

Это признание было самой настоящей правдой, потому что родители сделали чудо. Есть ли на свете магия, нет ли, но они сделали настоящее волшебство, и я теперь не беспомощная.

— Мы тебя тоже очень любим, — произнесла улыбавшаяся мне мама, а папа жевал, поэтому молчал, но он был с мамой согласен, я же видела.

Этот день стал самым счастливым в моей жизни. Я могу что-то делать сама, и меня любят.

Герман начал со мной заниматься, постепенно приучая к тому, что можно учиться. Только с письмом было сложно, но папа что-то придумал, и у меня появились специальные ручки. Теперь получалось выводить буквы без боли, хотя руки все равно очень уставали, поэтому немецкий я делала медленно. Герман сказал, что нельзя слишком сильно уставать и делать через «не могу», а я послушная же, это же Герман.

Так шли дни, я привыкала. К нам домой стали приходить учителя. Они очень хвалили меня, но оказалось, что без кислорода я совсем недолго могу учиться. Папа решал эту задачу, а я... У меня был Герман и кислород, поэтому я училась изо всех сил. А ночью жених теперь спал со мной в одной кровати. Почему-то я больше не просыпалась в больнице, а только у него на плече. Мой жених совсем не возражал, он просто следил за тем, чтобы я не умерла ночью, и я не умирала, потому что послушная.

В школу меня пускать не решились, а без Германа я не могла учиться, потому что плакала. Без него, один на один с учителем, было очень страшно. Я не знаю, отчего умерла прошлая Габриела, но не могла этому сопротивляться, потому что даже самые добрые учителя казались монстрами из сказки.

Однажды к папе пришел дядя в красивой форме, на которой было написано «полиция». Этот дядя долго разговаривал с папой, а потом Герман от меня почти совсем не отходил.

— Герман, я должна признаться...

Да, я решилась рассказать про то, что была Марьяной. Рассказывать о таком было очень-очень страшно, но это же Герман. Если прогонит, значит, я умру и все закончится, хотя жалко, потому что у меня впервые появилась семья, в которой меня любят. А инвалидная коляска — совсем небольшая плата за это. За тепло и ласку.

— В чем, мой котеночек?

Жених видел, как мне тяжело, поэтому принялся успокаивать и объяснять, что ничего не надо говорить, если это так трудно.

Но я должна была и рассказывала, а он только грустно улыбался, гладя меня по голове. А потом я рассказала про книжки и что там было написано. А Герман меня обнимал и говорил, что все будет хорошо, у нас есть родители, а у родителей — друзья, и еще есть страна, которая просто не даст нас всех в обиду. И я верила ему.

О магии

Мне исполнилось одиннадцать. Я смогла дожить до этого момента и уже многое делаю сама. Герман столько времени проводил со мной, помогая учиться жить... Он просто самый лучший на свете! Совсем недавно я научилась ходить в туалет, когда хочется, так что больше не писаюсь. В этот майский день на мне легкое летнее платье и красивые трусики в полосочку. Наверное, другие девочки, которые здоровые, не поймут моей радости, но я взаправду почувствовала себя счастливой, когда мама надела на меня не памперс, а трусики! Настоящие!

Когда я узнала, что у меня день рождения, то очень удивилась. В книжках день рождения

Вилли был где-то в августе. Кажется, тогда из-за какого-то совпадения убили его родителей и его убить хотели, но мальчик спрятался. А у меня, получается, в мае? Это странно. А еще необычнее, что этот день мама с папой решили отпраздновать. Не помню такого, когда я была Марьяной.

— С днем рождения, котеночек, — произнес Герман, увидев, что я открыла глаза.

Он меня еще погладил рукой по голове так ласково, что захотелось мурлыкнуть. Я и попыталась это сделать, но голос был хриплым ото сна, поэтому получилось плохо. Герман помог мне одеться. Я его совсем не стеснялась, и он меня почему-то тоже. Наверное, это потому, что мы еще маленькие, потом-то, наверное... А сейчас, может быть, так правильно.

Я умылась сама, потому что уже могу, только для этого на ортезы* надо надеть перчатки, чтобы они не намокли. Без ортезов двигать руками очень больно. А еще они разные — днем одни, а ночью другие. Ночные мягкие и с такой подкладкой, она немного греет, чтобы от холода. Еще у меня таблетки,

____

* Ортез — бандаж, фиксирующий суставы.

которые надо пить, чтобы ничего не болело. Они у меня навсегда, зато я могу иногда поесть даже мороженое. А вот сок надо разбавлять, зато почти любой можно, кроме гранатового, потому что от него давление. А еще чай зеленый нельзя. И с шоколадом надо быть осторожнее... Правда, когда нельзя, но очень хочется, то немножко можно, так папа сказал.

А после умывания я обняла Германа и совсем не хотела его отпускать, так мы немножко посидели, а потом все равно пришлось расцепиться, потому что кушать пора.

Сначала надо было съесть то, что правильно, а потом совсем немножко то, что нельзя... Ну, в честь дня рождения можно и вредное, вот!

Мама и папа взяли отгул на работе. Ради меня! Для кого-нибудь это, может быть, обычное дело, но для меня это такой подарок... Просто самый огромный!

— С днем рождения, доченька! — поздравили меня мама и папа, а потом еще добавили: — Как хорошо, что ты есть.

Я, конечно, расплакалась, потому что эмоции же. День начался очень радостно, а потом меня повезли в парк развлечений. Мне не все можно и не всюду, но там, где можно... Я так радовалась, просто до писка. Нет таких слов, чтобы описать, насколько счастлива я была в мой одиннадцатый день рождения. Потом мы ездили в ресторан, и я совсем забыла про приглашение из академии, которое, как оказалось, не пришло ни мне, ни Герману. Этот подарок был еще большим, чем даже парк развлечений.

Уже совсем вечером, когда суставы смазали, я попробовала сделать магию рукой, как в книжке, и у меня ничего не получилось. Потом я попросила Германа сделать то же самое, и у него тоже не получилось, и тогда я завизжала от восторга. Даже родители прибежали, а я была такая счастливая, что ничего не могла объяснить, а только верещала.

— Герман, что случилось? — поинтересовалась мама.

— Судя по тому, что я понял, — ответил мой жених, — котенок попыталась сотворить «колдовство» и узнала, что она не ведьма. Чему и радуется.

— Рие, — мама села рядышком со мной и принялась объяснять: — Фамилии Шмидт и Штиллер — вовсе не собственность автора книжки. Они существуют и в реальности, завтра покажу тебе книгу с этими фамилиями. И только из-за того, что что-то совпало с книжкой, нельзя делать вывод, что ты угодила в страшную сказку, понимаешь?

— Ура! — радовалась я, потому что без фенке* и линдворма† проживу, а в то, что «магия» может меня починить, я, конечно, не верила.

Вот так счастливо закончился мой день рождения.

Когда я узнала, что не ведьма и что вообще такого, как в книжке, может и не существовать, то очень сильно обрадовалась. Я перестала бояться и начала лучше заниматься. Папа и мама думали, как мне помочь, мне так Герман сказал, поэтому я старалась быть очень послушной, хотя в последнее время хотелось пошалить... Не знаю почему.

---

* Фенке — в немецком фольклоре лесной великан, косматый и кровожадный.
† Линдворм — мифическое драконообразное существо, представленное в североевропейской традиции.

— Давай решать задачку, — предложил Герман, и я, конечно же, сразу согласилась, потому что послушная, вот.

Я подкатилась на кресле поближе и принялась записывать условие задачи. Я никогда не противоречу Герману, даже когда очень не хочется что-то делать, потому что это же Герман. И я начала решать.

— Не получается, — всхлипнула я, но он меня сразу же погладил, и слезы кончились.

Мы начали разбираться вдвоем.

— Вот оно что, — протянул мой Герман, улыбнувшись. — У тебя один ящик полтора рабочего несет. Представляешь?

Я представила и хихикнула. Быстро справившись с задачкой, я решила все-таки серьезно поговорить с ним. Герман сразу понял, что нам предстоит беседа. Он усадил меня на кровать и обнял.

— Скажи, пожалуйста, — тихо начала я. Меня немножко потряхивало почему-то, но я держалась. — Я тебя ни к чему не принуждаю? Может быть, ты хочешь быть братиком, а не женихом?

— Ох, котенок, — улыбнулся мой жених. — Я

тебя никому не отдам, — он стал очень серьезным. — Совсем никому, понимаешь? Так что будем женихом и невестой.

— А если ты полюбишь... ну... — Я опустила голову, потому что то, что собиралась сказать... это больно. — Другую, здоровую девочку?

Я не видела, что делал Герман, потому что моя голова была низко опущена. Я чувствовала, что сейчас слезы побегут по щекам. Его молчание было страшным. Внезапно я поняла, что падаю, и тихо взвизгнула. Мне показалось на мгновение, что Герман обиделся и ушел, отчего закололо в груди, но он просто уложил меня, перевернув на живот и задрал юбку. Я подумала, что, наверное, очень сильно его обидела, и всхлипнула.

— Никогда так не говори, — произнес мой самый любимый на свете человек и звонко шлепнул.

Больно совсем не было, только громко. Я потянулась к нему руками, чтобы обнять.

— Прости меня, пожалуйста, — сказала я. — Если хочешь, отшлепай хоть до крови, но не сердись.

— Ну вот как на тебя такую сердиться?

Герман перевернул меня на спину, очень нежно обнимая, а я рассказывала ему, что совсем не хотела обидеть, потому что он самый-самый важный для меня человек на свете, но я не хочу заставлять, потому что это же он.

— Простишь? — посмотрела я на Германа так жалобно, как только могла, и он кивнул, улыбаясь. — Мне почему-то иногда хочется, чтобы отшлепали...

— Давай с мамой поговорим? — предложил мой жених, и я, конечно же, согласилась.

Мы поехали к маме, чтобы поговорить. Герман рассказывал мне, какое я чудо, как он меня любит и все-все на свете отдаст, чтобы я была счастлива и жива. Когда мы приехали, я уже плакала от его слов.

— Сын, почему младшая плачет? — поинтересовалась мама у моего жениха.

Он начал рассказывать — про мои глупости и про то, что хочется... ну... А мама меня просто обняла.

— Весна заканчивается у малышки, скоро тебе станет легче, — сказала самая лучшая женщина на свете, а Герман удивился, потому что лето же уже на дворе. — Весна у таких милых девочек не всегда привязана к календарю, — объяснила самая лучшая на свете мамочка.

Мне стало легче на душе, потому что шлепать все равно не будут, даже если хочется. Потом мы пошли гулять.

На улице какой-то мальчик обозвал Германа незнакомым словом, но мой жених просто не обратил внимания, потому что был занят мной, наверное, поэтому к тому мальчику никто не подошел, чтобы обидеть, потому что увидели меня. Некоторые люди глазели на меня, как на мартышку в зоопарке. Это было неприятно, но не страшно, потому что рядом шел Герман. Ну а то, что платье иногда приподнимается и видны трусики, мне не страшно, я ими горжусь, вот.

Когда мы гуляли, к нам подошла какая-то старушка. Она была доброй — не глазела и не делала брезгливую мосю, а просто улыбнулась мне и заговорила с Германом, ну и со мной, но старалась не пугать, я видела. Совершенно особенная бабушка оказалась эта фрау Витке, поэтому, когда Герман вез меня домой, я улыбалась.

А дома ждала очень большая новость

и огромный сюрприз. Сюрприз принес папа. Я очень люблю папу и маму, даже безо всяких сюрпризов. Они очень теплые и хорошие, просто чудо чудесное, а не родители. Я и забыла уже, что им не родная. И мама, и папа показывали мне иногда больше любви и заботы, чем даже к Герману, а папа называл меня папиной доченькой, и от этого делалось очень-очень тепло.

— Послезавтра мы полетим в Италию, — объявил нам с Германом папочка.

Мой жених счастливо заулыбался, только я не понимала, в чем дело.

— А зачем мы туда летим? — спросила я, потому что интересно было.

— Во-первых, там море, — объяснил папа, — а во-вторых, доктор, который специалист. Может быть, он знает, как тебе помочь. Не плакать!

— Я не буду, — пообещала, хотя очень хотелось, потому что это очень дорого же, и сложно, наверное, и...

— Ты наша доченька. — Папа присел рядом со мной, обнял и объяснил: — Для тебя я, если нужно будет, звездочку с неба достану.

Тут я, конечно, расплакалась, потому что столько тепла, ласки и нежности просто невозможно удержать в себе, вот и выходят они слезами. А еще я ведь плакса...

Надежда

В день отлета меня одели в комбинезон, мама одевала. Комбинезон — это шорты и майка такие красивые, но они одно целое, поэтому опять был подгузник. Мама показала мне памперс, и я уже хотела расплакаться, но Герман не дал. Он меня погладил, обнял, а после объяснил:

— Аэропорт — это не очень близко, а потом самолет и автобус, — сказал он мне. — Тебе будет сложно в туалет, а так не надо будет терпеть.

— Ты считаешь, так правильно? — Я посмотрела на него, и мой жених кивнул, поэтому я сама стянула трусики. Я уже умею! Он же лучше знает, как правильно. Почему-то мне немного страшно снимать их... Не знаю почему, но Герман точно знает, он меня очень нежно обнимает.

Меня одели и потом посадили в машину, а кресло папа сложил в багажник. Оно тоже с нами полетит, но в багаже, а как будет в аэропорту, я не знаю, но мой жених сказал, что все учтено, поэтому я не волновалась. Машина мягко тронула с места и покатилась куда-то. Я сначала смотрела только на Германа, а потом начала задремывать. Глаза сами закрылись, и я уснула, чувствуя, как меня гладят.

Проснулась я у папы на руках — он меня куда-то нес, прижимая к себе. Было очень интересно, но я не дергалась, чтобы ему не мешать. Наконец папа медленно опустил меня в каталку. Это такое кресло, в котором не сама едешь, а тебя катят. Покатил меня, конечно же, Герман.

Вокруг было страшно — большой зал, много народа. Я испугалась, что меня потеряют, и зажмурилась, поэтому совсем не видела, что происходило. Только на каком-то контроле Герман попросил меня открыть глаза и посмотреть на дяденьку. Дяденька носил что-то черное, кажется, я не запомнила — было очень страшно.

— Дочь боится обилия людей, — пояснил папа, осторожно беря меня на руки.

Дяденька посмотрел в какую-то книжечку, потом на меня и как-то очень по-доброму улыбнулся. Он сказал, что я умница, а потом пожелал счастливого пути.

Мы поехали в зал ожидания. Это такое большое помещение, где много кресел с сидящими в них людьми. Еще есть автоматы с вкусностями, которые мне нельзя, а то животик болеть будет, поэтому я просто облизнулась, но просить не стала, потому что я послушная.

— Как ты, маленькая? — спросила мама, а я ей просто улыбнулась, потому что как же не улыбнуться. Ведь это мамочка!

— Все хорошо, — сказала я и чуть зажмурилась от ее тепла.

— Хочешь пить? — спросил Герман.

Он жадно смотрел на автоматы, но не покупал ничего, хотя ему можно.

— Нет пока, — ответила я и сразу же спросила: — А почему ты себе ничего не купишь, ведь тебе хочется?

— Мы с тобой семья, — ответил он, улыбнувшись мне. — Я не буду есть и пить то, что нельзя тебе, потому что так правильно.

И я заплакала от обилия чувств. Герман ради меня отказывался от того, чего ему хотелось. *Ради меня*. Это было так... Просто слов нет, чтобы объяснить, поэтому я заплакала.

Кому-то покажется, что это мелочь и ерунда, но мне это было так важно... Герман. Ради. Меня. Понимаете? Вот...

Мы сидели и ждали, а за огромным окном стоял большой самолет и ждал, наверное, нас. Мне захотелось в туалет, и я поняла, что Герман оказался прав, потому что терпеть не надо было, и я не стала. Наверное, трусики будут потом, когда найдется туалет, для меня удобный, мне же не каждый подходит, а только тот, на котором синяя наклейка*.

Ой, я забыла рассказать! Папа на своей машине наклеил сзади картинку с девочкой в коляске и мишкой в руках. Она такая ласковая получилась, несмотря на коляску. Теперь все знают, что в машине я, но зато мне не хочется плакать от этого.

---

* В Европе знак предназначенности для людей с ограниченными возможностями синий.

Мы посидели в зале ожидания, а потом нас позвали. Ну, всех позвали, но первыми нас, потому что я в коляске. Папа снова взял меня на руки и куда-то понес — сначала по коридору, а потом в дверь. Там оказалась длинная комната, в которой стояло много кресел. Папа меня усадил к окошку, рядом сел Герман, а перед нами родители. Так я узнала, что такое самолет. Потом в эту комнату пришло еще много-много людей, и все рассаживались, а когда все расселись, комната загудела и за окошком все поехало сначала вперед, а потом назад.

Самолет куда-то ехал, а потом остановился, зарычал так страшно-страшно, но я не боялась, потому что Герман рядом, он меня гладил. А потом за окном все побежало быстро-быстро и стало удаляться, а у меня закружилась голова, и стало нехорошо. Мой жених позвал папу, но оказалось, что ничего страшного — так бывает на взлете. Значит, мы взлетели и полетели в сказочную страну... Ну, я ее себе так представляла. Потому что со мной была моя огромная надежда.

В САМОЛЕТЕ НИЧЕГО ИНТЕРЕСНОГО БОЛЬШЕ не происходило. Какие-то тетеньки разносили напитки и бутерброды, поэтому Герман покормил меня йогуртом, не знаю, откуда он его взял. Он меня кормил так ласково, но на нас никто не глазел, ведь это же Герман. Я сама тоже могу поесть, но мне очень нравится, как это делает мой жених, потому что становится очень тепло. В окошке были только облака внизу, синее-синее небо и солнышко. А больше ничего интересного не было, поэтому я обняла моего Германа и закрыла глаза.

— Спи, котеночек, — сказал он мне, и я послушно начала засыпать, а Герман меня гладил по волосам, и я как будто плыла.

Странно, но я почти не думала о загадочном море, потому что у меня есть мой жених и родители, а больше мне ничего не надо. Наверное, я уснула, потому что проснулась от того, что меня поцеловали. Герман поцеловал, конечно. Мои глаза открылись, и оказалось, что мы прямо вот сейчас приземлимся.

—Не пугайся.

Это мой жених, он очень заботливый, даже разбудил, чтобы я не испугалась.

Самолет пошел вниз, а потом попрыгал,

порычал и подъехал куда-то. За окошком опять были дома, но другие, и много солнышка. Мы подождали, пока все вышли, а потом меня опять нес папа, а потом вытащил из нашего багажа мое кресло и посадил в него, чтобы мне было удобно. Оказалось, что мы прилетели, но не приехали, не очень поняла, как это. А потом был такой маленький автобус, и там можно было лежать. Это оказалось очень удобно — лежать, потому что у меня уже подгузник устал. А еще у автобуса оказались затемненные стекла, и шофер вышел, чтобы меня могли переодеть. Герман снял с меня комбинезон и памперс, а мама протянула мои трусики. Я опять улыбалась, потому что... свобода!

— Мы будем ехать три часа, — сказал шофер, когда меня закончили смазывать и опять одели. Герман одел, конечно. — Можно отдохнуть.

Мы поехали, а вокруг было много интересного, и я глядела на Германа и в окно. Жалко, что нельзя одновременно и туда, и туда смотреть. Автобус покачивался так мягко, что усыпил меня. Я не хотела спать, честно, но он меня усыпил, и я опять открыла глаза, когда меня погладил мой жених. Оказалось, что мы приехали, и сначала будет гостиница, где меня нужно переодеть, а потом мы поедем к одному доброму доктору, который специалист, вот.

Папа говорил, что этот доктор очень специальный специалист, и я чувствовала надежду. Только все равно сказала, что без Германа не согласна, но папа ответил, что никто и не собирался, и я стала счастливой. Меня переодели в сарафан, чтобы его было удобно снимать, потому что доктор на меня захочет посмотреть. Мне не жалко, пусть смотрит, главное — чтобы жених был рядом, вот.

Меня покормили, ну опять Герман, конечно, не потому что я не могу, а потому что... ну это же он! Мама очень ласково улыбалась, глядя на то, как меня кормит Герман, а папа пошутил про то, что у нас будут самые лучшие детки, и я расплакалась. Я тоже хотела, чтобы мы выросли и были детки. Может быть, я не умру?

— Сейчас мы поедем к доктору, котенок, — улыбнулся мне мой жених, у него тоже была надежда. — Он тебя посмотрит и обязательно поможет. Надо верить!

— Я верю, Герман, — сказала я ему, потому что верю и очень-очень надеюсь.

Потом мы опять сели в тот маленький автобус, ну, меня положили, конечно. А папа сказал, что если я буду хорошей девочкой, то вечером будет море. Герман ответил папе, что я всегда хорошая и очень послушная, а я поцеловала ему руку, которой он меня гладил. И мы поехали.

Очень скоро мы оказались у такого большого белого дома. Вокруг ездили машины и сновали люди, но я была на папиных руках, а потом опять в коляске. Герман меня завез в прохладное помещение, там были добрые улыбающиеся люди, а еще дети, такие как я. У них на руках были такие же ортезы, ну или почти такие же, а еще две девочки в колясках гонялись друг за другом. Я, наверное, очень жалобно на них посмотрела, потому что девочки подъехали к нам и что-то сказали не по-немецки, но папа понял. Папа у нас очень умный.

— Мария говорит, — перевел он мне, — что бояться не надо, скоро все будет хорошо, даже если в коляске.

— Я не боюсь, — ответила я, держась за руку своего жениха. — Потому что у меня есть Герман. И вы, мамочка и папочка.

— Все хорошо будет, моя хорошая, — тихо сказал мне Герман. Он как будто чувствует, когда я начинаю бояться. Вот как так?

Папа улыбнулся, погладил меня, а потом куда-то показал. Там стоял доктор в зеленом, он улыбался и смотрел очень ласково. У него были усики и прямоугольные очки, но это не главное. Главное было то, как те две девочки смотрели на этого доктора — как будто он ангел. Может быть, он может мне помочь?

Я обещаю, что буду самой послушной девочкой на свете! Ну, пожалуйста...

Теплом и лаской

Доктор мне так улыбался, что мне даже поверилось, что все будет хорошо. А потом он повез меня осматривать. Почему-то этот доктор понял, что меня нельзя у Германа отнимать, и попросил именно моего жениха мне помочь. Папа пересадил меня на кушетку, Герман осторожно раздел до трусиков, а потом я чуть-чуть испугалась, но добрый дядя сказал, что не надо трусики снимать, а начал меня гладить. Я понимала, что он осматривает, но он гладил, очень ласково и осторожно, как будто боялся сделать больно. Я сказала, что если надо больно, то я потерплю.

— Не надо, чтобы было больно, — сказал мне этот волшебный дядя.

Он был настоящим волшебником и быстро закончил, а потом попросил Германа погулять со мной, пока сам будет объяснять мамочке и папочке, как мне помочь. Значит... значит, мне можно помочь?

Мы гуляли, и мой жених рассказывал мне, что совсем скоро все будет хорошо и я смогу все-все делать сама, но он меня все равно будет обнимать, одевать и кормить, потому что я чудо. Так и сказал. А я сказала, что он самый лучший на свете. И я его никому не отдам. А потом мы договорились, что никому друг друга не отдадим. Потому что это же мы.

Пришли мама и папа, чтобы отвезти нас в палату, потому что нужно сделать ис-сле-до-ва-ния. Не знаю, что это такое. Я стала такая глупая и как будто младше. Но когда я это сказала Герману, тот обещал не дать мне за это мороженое. Я сразу ответила, что больше не буду, потому что по попе я согласна, а без мороженого совсем нет. Герман улыбнулся так, как только он умеет, и сказал, что я его угово-рила. Потом опять надо было раздеваться. С меня даже трусики сняли, но памперс не на-дели, а надели такую одежду специальную, как пижамку, но очень специальную. А когда сняли ортезы, я заплакала. Стало очень страшно, что опять будет больно, и поэтому я плакала. Тогда их надели обратно, но сказали, что будут снимать ненадолго. На ненадолго я согласна. А насовсем нет. Потому что больно. А когда больно — это плохо, так Герман говорит, и папа тоже так говорит.

Меня куда-то повезли. Я очень боялась, но Герман был рядом, а с ним не страшно. Но ничего особенного не оказалось, только груди было больно, когда на нее давили такой белой штукой*, но я терпела. Плакала и терпела. Герман увидел, что я плачу, и сказал, что не надо меня так мучить. И его послушались, а я еще немножко поплакала, но он меня успокоил. Самая страшная была такая труба, которая называется мырыты†, только я не знаю, что это значит. Она сначала, как кольцо, но внутри труба, щелкает и жужжит очень громко, поэтому страшно. Но я была смелой, потому что Герман рядом.

А потом мы вернулись в палату, в которой я

---

* Сенсор аппарата УЗИ. В некоторых случаях при синдроме Элерса — Данлоса развивается состояние, когда давление сенсора очень болезненно.
† Аппарат магнитно-резонансной томографии.

немножко поживу, чтобы мне сделали в ней хорошо. Папа и мама пошли с доктором, а Герман меня кормил. Тетенька сказала, что надо попробовать дать мне самой поесть, а жених ответил, что я устала, поэтому буду плакать, а плакать совсем не нужно, и та тетенька согласилась. Когда пришли родители, оказалось, что мы идем на море, поэтому Герман снял с меня пижамку и надел то, что мама дала — красивые цветные трусики, которые были немножко другими, и еще на грудь почти маечку, но короткую. Это называется купальник, вот!

Мы поехали на море... Сначала был песок, много-много песка, и все ходили в трусиках, а у мамочки купальник, похожий на мой. А потом белый песок закончился и появился мокрый. А потом я увидела зеленые волны с белой пеной. Вот сколько я слов запомнила!

Меня начали учить плавать. Ну, я вроде бы умела, но ножки же... и воротник... поэтому мамочка надела на меня такую оранжевую жилетку, и я в ней плавала. Море оказалось горько-соленым, я долго фыркала, а еще теплым и каким-то... необыкновенным.

Потом надо было возвращаться, но я никак не могла расстаться с морем, и родители это поняли. Но возвращаться все равно было надо, потому что кушать, таблетки и спать. Доктор разрешил, чтобы я спала в гостинице, а в больницу только приезжала, потому что мне очень страшно без мамочки и папочки, а без Германа я вообще не согласна.

Не только дети надеются на то, что им помогут в клинике. Глаза родителей этих детей зачастую горят еще большей надеждой. Доктор Маркони смотрел на Эльзу и Герхарда, родителей совершенно непохожей на них девочки, и видел этот свет. Он понимал, что биологически она им не родная, но спрашивать, разумеется, не стал. Приехавшие ради ребенка из неблизкой Германии взрослые люди наверняка считали ее самой родной и, безусловно, любимой, ранить их такими вопросами не следовало.

— Давайте поговорим о Габриеле, — предложил доктор, выкладывая снимки на негато-

скоп*. Он уже знал, что оба родителя — врачи, поэтому перевода им, скорее всего, не требовалось. По-английски доктор Маркони говорил с мягким, приятным для слуха акцентом, а его интонации дарили уверенность. — Посмотрите, вот суставы ног, рук и состояние шеи. Девочку в раннем детстве, по-видимому, плохо кормили и много били.

— Мы, к сожалению, этого не знаем, — произнесла Эльза, вглядываясь в снимки, более четкие, чем те, что делали дома. — Дочка потеряла память после... После остановки сердца в школе, а ее бывшие опекуны в тюрьме.

— А из-за чего в школе? — заинтересовался врач и, услышав тяжелый вздох Герхарда, понял, что тут тоже все непросто.

— Покушение на насилие, — с тоской произнес герр Штиллер. — Поэтому страхи у нее... Судя по всему, еще и избиение, но тут трудно сказать. Порок ей поправили, конечно, но...

— Это понятно, — кивнул Александр Марко-

---

* Устройство для просматривания рентгеновских снимков.

ни. — Судя по тому, что я вижу, девочку много били, плохо кормили, таскали за волосы, что повредило и шее, и голове. Шею надо оперировать. Вот сюда вставим протезированный позвонок, и все будет хорошо. С головой... Нарушения мозгового кровообращения будем лечить, ничего совсем уж непоправимого я не вижу, хотя с памятью проблемы, конечно, будут.

— А ноги-руки? — поинтересовалась Эльза, очень переживавшая за Рие.

— Ноги... — доктор Маркони задумчиво почесал нос. — Суставы можно оперировать вот здесь и здесь, тогда Габриела сможет ходить. Бегать вряд ли, а ходить наверняка. С руками... Тут лучше пока не трогать, лет в пятнадцать-шестнадцать посмотрим еще раз. Будем укреплять сердце, дадим минералы с витаминами, чтобы могла вести нормальную жизнь и выносить ребенка, когда настанет срок. Они все об этом мечтают.

— Значит, укрепить сердце, витамины-минералы, разобраться с головой, а после начинать операции? — выстроил Герхард сказанное по приоритетам, чем заслужил уважительный взгляд итальянца.

— Да, вы правы, — ответил Александр. — Риски надо свести к минимуму.

— Скажите, а вот то, что она иногда ведет себя как пятилетняя, иногда как подросток, а сейчас — в основном именно как малышка, это надо лечить?

Эльза, конечно же, знала о возрастном откате, но воспринимала Габриелу как свою дочь, поэтому опасалась ошибиться.

— У нее не было детства, — печально улыбнулся итальянец. — Зато было много боли и разочарования во взрослых. А тут появились вы, мальчик вот о ней заботится, она его любит и абсолютно доверяет, это заметно. Детская психика, конечно, очень пластичная, но вот сейчас Габриела просто добирает свое детство, не надо этого бояться. Пройдет время боли и страха, тогда малышка станет психологически более взрослой, а пока принимайте ее такой, какая она есть.

— Мы так и принимаем, особенно Герман, — хмыкнул Герхард Штиллер, тоже чему-то улыбаясь. — На какую сумму нам нужно брать кредит?

Этот вопрос был тоже не самым простым: лечение стоило совсем не дешево. Но у кли-

ники существовали разные возможности, включая рассрочку, ведь Штиллеры были не единственными...

Герман меня немножко напугал сегодня. Он сделал такое строгое лицо и сказал, что я по попе допросилась, поэтому надо приготовиться. Я улыбнулась и сказала, что согласна, потому что это же он. Послушно легла и даже штаны пижамные спустила. Было немного страшно, но пришла добрая тетенька, похвалила меня почему-то и уколола попу. Получилось больно, но не сильно. А потом меня обнимал Герман, и это была самая лучшая награда.

Оказывается, у меня не хватает ви-та-ми-нов и еще чего-то, поэтому нужно колоть попу. Страшно, когда кто-то чужой делает, вот я и попросила... Ну... Хотя бы пусть папа, если нельзя, чтобы Герман. Папа очень ласково улыбнулся и предложил попробовать моему жениху, а сам показал, как правильно. Герман очень волновался, отчего получилось больнее, чем когда делала тетенька, но я не заплакала, потому что это же он. Я от Германа приму что угодно, потому что он мой жених.

— Прости меня, чудо мое, — сказал мне мой Герман, а я улыбалась ему, обнимая.

— Не извиняйся, — ответила я моему жениху. — Все, что ты делаешь, правильно, потому что это же ты.

А тетенька слушала нас и всхлипывала. Я не знаю почему. Может быть, она обиделась? Спросила папу, он сказал, что тетенька всхлипывала, потому что я чудо. Я не поняла, но покивала, чтобы не расстраивать папу тем, что… ну… А папа догадался, что до меня не дошло, и начал объяснять:

— Ты чудо, малышка, — сказал он мне, сев рядом. — Очень милая и хорошая, поэтому люди умиляются, а всхлипывают от избытка эмоций, понимаешь?

— Понимаю, папочка.

Теперь я действительно поняла. Потом папа рассказал, что мне будут укреплять сердце и полечат память, чтобы я больше понимала, а потом будут лечить ножки и шею, чтобы я могла ходить. Я буду ходить! По-настоящему! Ножками! Вот тут я не выдержала и расплакалась. Потому что… ну, это же ходить! Герман радовался вместе со мной. Мы оба такие счаст-ливые, потому что семья.

После еды и уколов меня исследовали, а потом начиналась гимнастика. И Герман со мной рядышком все-все делал, смотрел, чтобы мне не было больно и я не плакала. Тетеньки и дяденьки тренеры хвалили нас обоих, отчего я улыбалась и совсем не плакала. Руки уставали от гимнастики, и иногда даже тяжело было дышать, но мне давали маску, и становилось легче. Потому что нужно много трудиться, чтобы потом ходить. За «ходить» я согласна почти на что угодно. Почти — потому что если без Германа, то я ходить не согласна.

Но мамочка и папочка сказали, что Германа у меня не отнимут, поэтому я и согласна на все! Даже... даже если не будет мороженого. Главное — чтобы мой жених был всегда.

Страх за близкого

Прошло почти две недели, но папа сказал, что мы тут еще побудем, потому что его и маму отпустили с работы и нам не надо быстро уезжать. Герман сегодня что-то хотел мне сказать, но не знал, наверное, как начать. Тогда я его поймала, сделала бровки домиком и посмотрела так, как будто мороженое прошу, а он меня обнял крепко-крепко и начал рассказывать.

— У тебя шею надо починить, — сказал мне мой жених.

Он был таким серьезным, что я даже немножко испугалась.

— Это больно? — спросила я.

Мне немножко страшно уже, что больно,

потому что я привыкла, что небольно. Уколы не считаются, потому что Герман же.

— Ты просто уснешь, — улыбнулся он мне, хотя я видела, что ему тоже страшно. — Будешь спать и видеть сны, а потом проснешься, и надо будет полежать.

— Я согласна, раз ты говоришь, что надо. — Я тоже стала серьезной, но не плакала, хотя страшно стало, потому что Герман боится. — А почему ты боишься?

— Я за тебя волнуюсь, чудо мое, — сказал мне мой жених, и я начала улыбаться, потому что я его.

— Все будет хорошо, потому что у меня есть ты, — так я ему сказала, а он меня опять начал обнимать, и я его тоже. Потому что это же мы.

Утром меня хотели увезти от Германа, и я заплакала. Тогда добрая тетенька сказала ему переодеться и помыться, пока мамочка и папочка меня обнимали. Мне опять стало страшно, просто очень, но папа сказал, что если я буду бояться, то неделю мороженого не будет, а как же можно без мороженого? Вот и я перестала пугаться, а потом пришел Герман, и мы куда-то поехали. Меня переложили на плоскую кровать, она была не очень удобной, но так надо, потому что мой жених так сказал. Добрая тетенька очень удивлялась, что я послушная, когда Герман говорит, но это же Герман, как она не понимает?

Меня раздели… Ну, Герман раздел, потому что я опять начала бояться, и накрыл простынкой, чтобы мне голенькой не было холодно. Он такой заботливый, просто чудо какой! А потом тетенька сняла воротник с шеи и чем-то ее помазала, но я не плакала, потому что рядом был мой жених. Меня укололи в вену, а потом я начала засыпать, глядя на Германа.

— Мы ждем тебя, чудо мое, — сказал мой жених, когда я уже почти уснула.

А потом я спала… Ну, наверное, потому что мы с Германом бегали вместе по пляжу только в трусиках и были почти совсем большие. А еще он меня поцеловал, как папа маму, и сказал, что мы теперь навсегда вместе. Навсегда-навсегда! А еще, когда я бегала, мне не было больно, вот совсем! Такой хороший сон… Пусть он станет правдой! А еще мне снилось, что мы как мама с папой, и у нас есть малыш… Он был такой маленький, но все равно нас любил, и мы его очень любили. Потому что малыш же, как его не любить? Мне так хотелось, чтобы это было правдой... Ну, пожалуйста, пусть так и случится!

РИЕ УВЕЗЛИ, С НЕЙ УШЕЛ И ГЕРМАН, КОТОРОГО девочка не отпускала от себя. Потом подросток вернулся, чуть не плача. Теперь им предстояло ждать. Ждать новостей, изнывать от беспокойства о своей доченьке, об этом маленьком чуде. Герхард привычно держал себя в железных тисках воли. Эльза тихо плакала, переживая. Герман изводился, то и дело вскакивал с кресла и ходил по коридору.

— С ней точно все будет хорошо? — жалобно спросил мальчик, дрожа от страха за Рие.

— Обязательно будет, — спокойно ответил отец, встал и обнял подошедшего сына. — Нужно верить и не плакать.

— Так страшно, папа, — признался Герман. — Просто до ужаса. Она засыпала и смотрела на меня... Она же будет жить?

— Обязательно. — Эльза вытерла слезы, поднялась и заключила в объятия мальчика

и мужа. — Рие будет жить, с ней все будет хорошо. Я тебе обещаю.

— Я верю, мама, — Герман убеждал себя в этом. — Я ее так, оказывается, люблю... Просто не представляю, что будет, если...

— Никаких «если», сын, — оборвал Герхард мальчика, притиснув к себе. — Мы все любим Рие, а уж как она нас любит... Ты для нее вообще истина в последней инстанции.

Глава семьи ободряюще улыбнулся.

— Да, она любит, — согласился Герман. — Иногда мне кажется, я вас недостаточно люблю на этом фоне. Знаешь... Стоит представить, что с ней что-нибудь произойдет, как просто земля уходит из-под ног. Ну пусть с ней ничего не случится! Ну, пожалуйста, папочка!

Это был крик души. Яростное, полное надежды заклинание мальчишки, который отчаянно боялся за свое чудо. За ту, кто постепенно становилась самой важной в жизни. Важнее даже мамы и папы.

Штиллеры очень хорошо понимали это. Они успокаивали сына, сами изо всех сил стараясь держать себя в руках. Когда в комнату ожидания вошел врач и молча показал большой палец,

Эльза от облегчения упала в обморок, еще раз напугав Германа. Но с его котенком точно теперь все будет в порядке. Доктора улыбались. Они сразу же показали подростку спящую девочку, которую пришлось остричь из-за этой операции. Герман смотрел на Рие с улыбкой, повторяя как мантру: «Все будет хорошо».

А ПОТОМ Я ПРОСНУЛАСЬ. СНАЧАЛА НИЧЕГО не почувствовала, даже себя саму, и хотела уже испугаться, но пришел какой-то дядечка. Он что-то подкрутил и улыбнулся. Я ему тоже улыбнулась, а потом попыталась спросить, где Герман, но дяденька ушел, и тогда я заплакала. Пришла та добрая тетенька, которая была до сна, и привела Германа, потому что поняла. Мой жених смотрел на меня мокрыми глазами и счастливо улыбался. Ну видно же, когда радуются, вот и он мне радовался. И я ему радовалась, хотя потянуться почему-то не могла.

— Не пугайся, малышка, — сказал мне мой Герман, осторожно погладив по голове. —

Скоро наркоз отойдет, и ты будешь снова двигаться. Главное, что ты с нами.

— Я всегда буду с тобой, — пообещала я.

Почему-то голос был очень хриплый и хотелось пить. Герман меня напоил, немного, потому что много сразу нельзя. А потом начали шевелиться руки и даже ноги. Они даже почти не болели, когда двигались. Это было так необычно!

— Как я за тебя волновался, — признался мой самый любимый на свете жених. — Потому что очень тебя люблю.

— Я тебя очень-очень люблю, — ответила я, потому что это правда. — Потому что это же ты!

А потом мне нужно было полежать и еще поспать, но Герману разрешили посидеть со мной, потому что иначе я плакала. Не потому, что грустно, а потому, что это работает, а расставаться с моим женихом я не хочу. И он не хочет, он сам мне это сказал! Поэтому я сделала так, как работает, и ему разрешили. Дяденька сказал, что ничего страшного не случится, потому что я ему доверяю. А я сказала, что это же Герман! И все поняли.

Я немножко полежала, а потом со мной

начали заниматься, ну и с Германом, конечно, потому что мне без него страшно, а страшно — это плохо. А плохо нам не надо, так папочка говорит. И мой жених так говорит, значит, так правильно. Со мной занимались-занимались, а потом ка-а-ак сняли воротник! И ничего не случилось! Ну, больно не было, дышалось также хорошо, только шея быстро уставала, но для этого начали заниматься ею. А чтобы меня отвлекать, ну я так думаю, мы играли в разные игры, а потом плавали в море и опять играли. Меня для операции остригли, но Герман сказал, что отрастет и я все равно самая красивая, поэтому я и не плакала. Герман же лучше знает, правда?

А потом надо было уезжать, потому что у мамочки и папочки работа. Другие операции отложились, чтобы не пугать моего Германа. Я только потом поняла, как он за меня боится. Он самый-самый лучший на свете! Я ни за что не буду его расстраивать, потому что это же Герман! Я в последний раз побултыхалась в море, а утром мы уже уезжали. Было немного грустно, особенно из-за подгузника, но Герман все понял и принес мне мороженое, чтобы я не плакала. Это он сказал, хотя я и не пыталась плакать, потому что нельзя то, что работает, по таким пустякам использовать.

Мы летели домой, а я уносила в своем сердце кусочек солнечной Италии и улыбку волшебного доктора. Доктор по фамилии Маркони оказался настоящим чародеем, я могу быть без воротника, у меня начали двигаться ножки, а еще стало легче вот тут, внутри. Потому что нельзя хныкать, когда так любят... Мы летели обратно, а я смотрела только на моего Германа, даже когда уснула, потому что это же он.

Дома ничего не поменялось, поэтому мы уселись за стол. Нужно поесть, потом таблетки, потом поспать, позаниматься... У меня теперь режим, он очень строгий, как сказал папа, «без отгулов и выходных», но это же для того, чтобы мне было хорошо. И за это полагается мороженое и еще трубочка с кремом. Правда, не одновременно: или — или, поэтому иногда трудно выбрать, но Герман придумал, как мне помочь — мы делим пополам и мороженое, и трубочку, поэтому получается и то, и другое. И Герман! Ура же?

— В сентябре начнется школа, — сказал

нам папа и сразу же поинтересовался: — Будем пробовать ходить или лучше дома?

— Как Герман скажет, так и правильно, — сразу же ответила я, а жених меня обнял. Меня уже можно обнимать, потому что все зажило, вот!

Жених сказал, что надо попробовать дома позаниматься и, если я пугаться не буду, тогда попробуем, а если буду, то ну их. И папа с «ну их» согласился. Он сказал, что мы ему важнее всех школ на свете. Это было так тепло, что я заплакала, но меня быстро успокоили. Хорошо, что я мамина, папина и особенно Германа. Я самая счастливая на свете!

Школа

Дома было все хорошо, я даже могла заниматься целых сорок минут и не плакала от усталости. Из-за того, что мы на домашнем обучении, экзамены нам обоим зачли и так. Папа объяснил, что мне экзамены пока нельзя, а Герману можно, но я начну волноваться, и опять, получается, нельзя, поэтому мы будем сдавать так: пока Герман пишет, а я просто рядышком посижу и, что смогу, устно отвечу, потому что много писать мне больно. В школе тоже скажут, что мне много писать больно.

Еще мне было страшно от того, что в школе же бывает это... Ну...* Папа объяснил, что этого, которое «ну», давно уже нет. Ну как-то так я его поняла, поэтому заулыбалась. Если жениху ничего не угрожает, то я спокойна. Главное — чтобы с ним такого не случилось. Иногда я еще думала, что я неважная, но Герман сказал, что обидится, и я перестала так думать, потому что моего жениха совсем-совсем нельзя обижать. Это было очень страшно, то, что он сказал, ужаснее всего. Я ему ответила, что я послушная, поэтому не буду так думать.

Нас пригласили в школу. Я готовилась вместе с Германом, и мы все волновались. А в школе оказалось, что учителя тоже волновались, потому что они не хотели, чтобы мне было плохо. Я так удивилась, но Герман сказал, что все правильно. А еще мой жених запретил мне беспокоиться, чтобы сердечку не стало плохо, а я сказала, что постараюсь. И действительно очень сильно старалась.

Нам дали задания. Герман уселся писать,

----

* Девочка имеет в виду телесные наказания, но не помнит, когда они были запрещены, ибо информацию об этом получила из недостоверных источников.

а я читала и сначала ничего не поняла. Мне стало вдруг страшно. Еще не очень сильно, а так... Потом я вспомнила, что обещала не волноваться, и перечитала еще раз. Это была математика, что-то с квадратным уравнением. Я подумала, что, может, потом пойму, и начала делать задачку, но опять ничего не получилось. Это было так больно, ведь дома я же легко все решала! Почему сейчас не могу? Я тихо заплакала, чтобы Германа не отвлекать, но он как-то почувствовал, бросил ручку и начал меня обнимать и спрашивать:

— Ты что, маленькая, что случилось?

А учительница смотрела с сочувствием, она все поняла.

— У меня ничего не получается, я глупая, — сквозь слезы попыталась ему объяснить, а он поцеловал мои глазки и принялся утешать.

— Все хорошо, маленькая, давай вместе разбираться.

Герман полностью сосредоточился на мне, забыв про свой экзамен.

— Тебе же писать нужно. Может, я пока поплачу, а ты будешь писать? — спросила я.

Но мой жених сказал, что нет на свете ничего важнее меня, и мне от этих слов еще больше заплакалось, но по-другому. Не от грусти, а от нежности и тепла. Мы сидели и разбирались, и у меня начало что-то получаться. Учительница стояла рядом и слушала, как Герман мне объясняет, а потом просто улыбнулась и сказала, что все поняла. Я только потом узнала, что она поставила моему жениху отличную оценку, потому что, если он умеет так объяснять, значит, знает. Но это же Герман, он все-все знает.

С немецким уже так не было, я много чего смогла рассказать, и учитель остался доволен, только близко не подходил, чтобы меня не пугать. А потом экзамены как-то сразу закончились, и нас с Германом начали поздравлять, говорили, какие мы хорошие. А я сказала, что это все Герман, потому что он самый лучший.

Эта девочка и ее мальчик стали поводом для долгих разговоров между педагогами. То, что дети очень близки, опытным учителям было хорошо заметно. Больная девочка и ее брат, заботившийся о ней так, как не все о детях заботились. Девочка, конечно, немного напугала учителей, знавших, что ребенок уже умирал в школе, поэтому все решили зачесть то, что сможет сделать. Неожиданно оказа-

лось, что у юной фрау очень плохо только с математикой, причем — с расчетами, а вот все остальное на очень приличном уровне. Поделившись с родителями девочки, педагоги узнали, что часть клеток мозга у ребенка не работает, но, несмотря на это, она старается. Экзаменаторы решили поддержать эту семью. Не сдавшаяся девочка и ее мальчик.

Родители очень сильно радовались, потому что в сентябре мы сможем пойти в среднюю школу. Я не знаю, в чем различие, но папа заявил, что мы с Германом очень большие молодцы, и отвез нас в парк аттракционов. Я поняла, что не глупая, просто с математикой не очень получается, а мой жених объяснил, что нельзя быть гениальным во всем, поэтому не страшно, если я чего-то не могу. И я согласилась, потому что это же Герман так сказал!

Школа закончилась в первый же день, который чуть не стал для меня совсем последним. Если бы папа не ждал возле школы, то не знаю, что было бы. Но это же папа! Он решил побыть неподалеку и...

Начиналось все хорошо. Мальчики и девочки в новом классе оказались не очень приветливые, но мне было все равно, потому что у меня есть Герман.

А потом пришел учитель. Наверное, он просто не увидел, что я в коляске. Ну, это так потом папа объяснил, чтобы я не очень сильно боялась. В новом классе следовало вставать, когда входит учитель, потому что так было принято, а я же не могу...

— Почему девочка такая неприветливая? — спросил этот дяденька, который сразу стал страшным.

— Она в инвалидной коляске, — попробовал объяснить Герман, но страшный учитель его не слушал.

— А вот сейчас я проверю, что мешает фрау встать, — сказал он, и мне захотелось плакать.

Дяденька подходил все ближе так медленно и страшно, что у меня началась паника. Герман пытался остановить этого человека, объяснить, что меня пугать нельзя, но тот был сильнее моего жениха. Когда Герман упал, я закрыла глаза и завизжала, что есть мочи.

Откуда-то появился папа, он ударил этого...

страшного и бросился ко мне. Это я потом узнала, а тогда упала в обморок, сильно напугав и папу, и Германа. Мой жених переживал, что не смог меня защитить, а папа сказал, что Германа кто-то удерживал и их было больше. Это было так страшно, что я... ну... Потом меня Герман переодевал, потому что сама я опять ничего не могла. От страха я вся дрожала так, что коляска дрожала вместе со мной. Папа вызвал полицию и еще врачебную машину, чтобы меня успокоить. Меня положили внутрь и Германа тоже, потому что он выглядел очень бледным. А я обняла моего жениха и просила меня спрятать, а потом не помню.

Так закончилась школа. Мы с Германом вдвоем немножко полежали в больнице, а потом уже оставались дома. Оказывается, я сорвала голос, поэтому долго говорила только шепотом, но очень боялась без Германа даже в туалет.

А у Германа что-то в сердце испортилось, когда он за меня испугался, поэтому у него теперь тоже уколы, пока не наладится. Ну и у меня за компанию.

— Это из-за меня Герману плохо? — спросила я папу, который очень сердился, но не на нас, а на школу.

— Нет, малышка, это из-за школы, — ответил папа.

Мама тоже это подтвердила, и я не стала просить, чтобы меня наказали. И еще жених меня обнимал и просил не умирать, так что я ему обещала, а слово надо держать. Но я теперь боюсь школу, и еще опять... ну... по ночам... Поэтому вечером Герман надевает на меня подгузник, чтобы мне было комфортно.

Я стала очень бояться чужих людей, но однажды папа привел тетеньку, она была добрая. Она со мной и Германом долго разговаривала, потому что без Германа я только плачу. Тетенька дала мне конфетку, но я спросила жениха и взяла, когда он разрешил. Кажется, я опять стала очень маленькой.

В школу мы больше не ходим, к нам приходят учителя, потому что та тетенька сказала папочке и мамочке, что так будет лучше и для меня, и для Германа. Мы учимся дома, и я постепенно перестаю пугаться учителей, когда жених рядом. А без него мне очень страшно, поэтому мы всегда вместе. Герман сказал, что боится меня одну оставлять, поэтому мы всегда рядом. Ну, жених же. Значит, это правильно.

Папа сказал, что был суд над тем страшным учителем, и там он сказал, что хотел пошутить. А разве так шутят? Вот бы над ним кто-то так «пошутил»! Я плакала, когда это услышала. А еще я поняла, что я самая счастливая на свете девочка, ведь у меня мамочка, папочка и Герман, которые меня любят и никогда так «шутить» не будут. Мой жених меня теперь обнимал даже чаще, чем раньше, и мне было хорошо... Вот только ночью иногда в сон приходил тот, страшный, и что-то делал со своими штанами, отчего у меня начиналась паника, и меня будил мой Герман.

— Мы обязательно со всем справимся, — повторял Герман.

А папа сказал, что, наверное, мы скоро переедем. Я не поняла почему, но раз папа так говорит, значит, так правильно. Еще непонятно: мы совсем переедем или в другой дом. Но это не так важно, наверное...

— Из города или из страны? — поинтересовался мой самый лучший жених на свете.

— Вот бы в Италию переехать, — помечтала я.

В Италии было красиво и мне нравилось, но папа сказал, что там нужно будет другой язык учить, а мне сложно.

— Мы дадим еще один шанс Германии, — улыбнулась мамочка так ласково, что мне захотелось свернуться в клубочек у нее на руках. — Главное — чтобы доченьке было хорошо.

— Мне обязательно будет, — ответила я ей, — потому что у меня есть вы, а я есть у вас, да?

— Да, моя хорошая.

Мама обнимала меня и еще моего жениха, потому что мы с ним неразделимы, как будто связаны навсегда. Ну... мне так хочется... А если очень хочется, то, наверное, можно?

Мамочка очень теплая и ласковая. А папочка самый сильный и надежный. А еще есть мой Герман. И я тоже есть. И всегда буду, потому что обещала, а обещания надо выполнять — так говорит мой жених. И папа тоже так говорит. А они точно знают, как правильно.

Новый дом

Мы переезжали… Сначала мамочка и папочка показали нам с Германом, где мы теперь будем жить. Это был город и красивый дом почти в лесу, в нем уже все для меня сделали, ну, чтобы я везде проходила. А комната наша с Германом была такая… с большущим окном! Мама сказала, что из этого окна мы сможем видеть даже звезды, когда лежим. Это так здорово!

Переезжали мы так, чтобы меня не пугать, поэтому сначала нас с Германом уложили в больницу на несколько часов. Ну, папа сказал, что так надо, а я же послушная, поэтому лежала и обнимала Германа, а он за мной ухаживал. Гладил, смазывал и… ну и кормил тоже. Он так ласково кормит, что просто невозможно не поесть. В палату к нам приходили тетеньки, чтобы посмотреть на Германа. Потому что он настоящее чудо, хоть и говорит, что чудо — это я… Но это же Герман!

А потом приехали мамочка и папочка. Герман меня одел, чтобы на улицу, потому что на улице уже холодно, и повез. Он никому не разрешил меня трогать, все делал сам, даже мне не разрешил, не знаю почему. Мой Герман разрешает мне побыть очень маленькой, как будто укрывает своим теплом, отчего хочется плакать, потому что эмоции…

Мы ехали долго — целый час, а может быть, и больше, но я почти этого не заметила, потому что Герман же. Мой жених обнимал меня, рассказывая, как теперь все будет хорошо, а зимой мы поедем опять в Италию, чтобы починить ножки… Чтобы я… Чтобы ходить… Это было, как обещание чуда… Ну вот, я опять заплакала. Я плакса.

— Герман, скажи, а это плохо, что я плакса?

— Ты не плакса, — погладил меня мой Герман. — Ты чудо, просто у тебя много эмоций.

И я поверила, потому что как же можно

не верить моему жениху, ведь это же Герман! А еще мамочка и папочка.

Папочка отнес меня наверх на руках — потому что соскучился, это он сказал, вот! А та-а-ам! Там такое! Огромная кровать для нас с Германом, и стол, чтобы заниматься, и еще... какая-та большая белая коробка на колесиках. Мне стало интересно, что это такое.

— Это концентратор кислорода, доченька, — объяснил самый лучший на свете папочка. — Ты будешь заниматься, он тебе поможет.

— А как он мне поможет?

Я представила, как большая белая коробка на колесиках делает за меня математику и хихикнула.

— А вот увидишь, — улыбнулся папочка.

А потом мы обедали. Герман даже разрешил мне самой поесть, потому что я хорошая девочка. Он совсем не сердился за то, что я пролила суп на себя, потому что рука устала. Почему-то я начала быстро уставать после того страшного дня, но папа сказал, что все наладится.

— Все будет хорошо, — улыбнулась мне мамочка.

Я верила маме и папе. Ну а то, что попу

колют, это не страшно, даже когда больно, потому что руки Германа...

Когда я доела с помощью жениха, пришло время массажа, и уколов, и еще таблеток разных — ну, как обычно, чтобы ничего не болело. Это такое счастье, когда болит только попа после укола! Наверно, здоровые девочки не знают, что это такое... И это хорошо, потому что, когда больно — это плохо, так Герман говорит. И еще папочка тоже так говорит. А у меня сейчас больше ничего не болело, потому что лекарства, пусть даже на всю жизнь.

Когда мы ложились спать, я сделала жалобную мосю, чтобы спросить папочку, потому что он же все может.

— Папочка, мне приснилось, что мы с Германом — как вы с мамой, и у нас есть малыш. У меня же будет малыш?

— Обязательно будет, — ответил мне самый лучший на свете папочка, а Герман начал вытирать глаза, как будто туда соринка попала. — Спите, дети.

И мы принялись спать. Только сначала Герман на меня подгузник надел, чтобы я ночью не «плавала», как он говорит, и чтобы не плакала от этого. А потом мой жених рассказывал сказку, обнимая меня, и от этой сказки глазки сами закрывались. Я даже не заметила, как уснула, потому что мне снилась эта сказка, а потом наш малыш, который сказал: «Мама, я жду тебя», и я, кажется, плакала во сне.

«Они все мечтают об этом», — вспомнил герр Штиллер слова доктора Маркони. С какой надеждой смотрела малышка на него, задавая свой вопрос, даже Герман расплакался. «Все у тебя будет, доченька, — подумал Герхард. — Мы для этого все сделаем, только живи».

В новом доме действительно было очень красиво. Нам с Германом нравилось смотреть на звезды, любоваться ими. Я даже, кажется, чуть-чуть увеличилась, перестала быть такой маленькой... Или нет? Я не знаю. А мой жених говорит, чтобы я об этом не думала, потому что не надо. И я стараюсь, но мне очень трудно не думать.

А еще опять начались уроки, но учителя другие. Они очень добрые, не ругаются и не хотят проверить, почему я не встаю. В школу нас посылать папочка не решился. И я узнала, как мне помогает большая коробка. От нее в нос такая трубочка идет и дует. Почему-то, когда оттуда дует, мне проще учиться. Я сразу все понимаю, и даже в математике, хотя сначала очень боялась. Но мой жених сказал, что все получится, и у меня получилось, потому что это же Герман. Я вдруг начала все-все понимать...

— Герман, посмотри, так правильно?

Я заглянула ему в глаза, пытаясь увидеть там ответ. Но там были только тепло и нежность.

— Да, Рие, — кивнул он и поцеловал меня в щеку. — Ты умница.

Он так нежно произносит это, что хочется плакать, потому что просто переполняет счастьем. А учителя не ругаются, когда меня Герман обнимает и целует, они все понимают, радуясь вместе с ним за... меня? За то, что у меня все получается? Это просто сказка. Иногда я ловлю себя на мысли, что живу в сказке. Не в той, куда я думала когда-то, что попала, а в самой настоящей — про Германа, мамочку, папочку и маленькую девочку, у которой абсолютно точно все будет хорошо, надо только немножко потерпеть. А я же послушная, поэтому согласна потерпеть. И даже по попе согласна, если это нужно, чтобы было хорошо. Но по попе не будет, я это уже знаю, потому что меня любят.

Иногда кажется, что меня всегда любили. Но я все равно помню, что когда-то давно была девочка Марьяна, которая никому не была нужна, поэтому очень дорожу всем, что у меня теперь есть... Очень-очень. Я так Герману и сказала, что на все-все согласна, лишь бы его никто не отнял. А мой жених ответил, что никто не отнимет, потому что он у меня теперь навсегда. Прямо как в том самом сне.

Время промелькнуло почти незаметно, и вот папочка сказал, что совсем скоро мы полетим в Италию. Чтобы меня починить... Это настоящая сказка... Герман меня массировал, щекотал и рассказывал, что совсем скоро, может быть уже летом, я смогу ходить. Ну, своими ножками, представляете? А еще я смогла написать контрольную по математике и ни разу не заплакала, вот! Папочка сказал, что мы устроим праздник, и мы пошли на улицу. У меня есть такой специальный комбинезон, в котором можно на снегу валяться. Я очень люблю валяться на снегу, и Герман это знает. Поэтому мы валялись, а потом был фейерверк, — это когда красивые огоньки взлетают в небо, взрываясь там звездочками. И тортик был... Он не очень сладкий, потому что нельзя сильно сладкое, но это был целый тортик из разноцветного желе, которое мне можно. Сколько угодно можно! И я облопалась, конечно, потому что, ну, счастье же.

Прошло всего несколько дней, и мы опять полетели. Я уже никого не боялась, потому что рядом Герман, и папочка с мамочкой, конечно. Я же знала, что они меня смогут защитить совсем от всего, поэтому и не боялась. Куда-то убегает страх, когда меня Герман обнимает. Ну вот просто шмыг — и нету его...

Рассказывать про самолет не буду, потому что он совсем не изменился. Все было, как и летом, только я летела в шубке, потому что комбинезон переодевать долго и не нужно меня мучить, так папа сказал, поэтому я уже не боялась на пас-пор-тном контроле и вообще была смелая-пресмелая, потому что

Герман же. Меня даже похвалили за то, что я ничего не боялась. Ну, я боялась, конечно, но не так, как летом, потому что знала, что помогут, да!

А потом мы прилетели и поехали в больницу к доктору, который настоящий ангел, потому что помогает всем, вот!

— Ну что я могу сказать... — Доктор Маркони еще раз внимательно посмотрел на результаты обследования и улыбнулся. — Очень хорошо, неожиданно быстрая компенсация. Что с психологией?

— Лет пять, может, шесть, — вздохнул герр Штиллер, — но ей так легче. О малыше заговорила.

— Не форсируйте, — посоветовал специалист по редким и крайне редким болезням. — Это уже очень хорошо — она думает о будущем, а не о смерти.

— Мы понимаем. — Эльза смотрела на коллегу с надеждой даже большей, чем у девочки.

— Будем оперировать ноги, — решил доктор Маркони. — Сердце держит, кисло-

родная поддержка еще сохранится, но главное — сердце держит.

— Когда? — лаконично спросил Герхард, думая о том, что Герман опять разволнуется.

— Завтра, — так же кратко ответил коллега. — Завтра будем чинить малышке ножки.

Починить ножки

Я бы, наверное, очень испугалась, если бы Герман меня не готовил заранее. Я видела, как он волнуется и как ему страшно, но мой жених улыбался, потому что «ура». Скоро меня заберут туда, где я буду спать, а в это время добрый доктор будет чинить мои ножки, чтобы я могла ходить. Пусть не сразу, а потом, но это потом наступит! Совсем скоро я смогу ходить! Сама! Своими ножками!

Герман обнимал меня, когда пришли меня перекладывать, когда укололи и надели маску. Он шел со мной до самых больших белых дверей, и я засыпала, глядя в его невозможные, волшебные глаза. Он смотрел на меня так ласково, обещая, что будет ждать; от этого совсем не было страшно, только сонно.

— Возвращайся поскорей, любимая, — сказал мне мой жених.

Он... он назвал меня любимой, значит, все не понарошку? Значит, он у меня действительно есть? И я засыпала счастливая. Мне снилось, как мы вместе ходим и плаваем, а еще — танцуем. Я однажды видела по телевизору такой красивый танец: мальчик кружил девочку, и она так счастливо смеялась... Я тоже так буду!

Герман, несмотря ни на какие уговоры, не мог усидеть на одном месте, он заглядывал в глаза каждому врачу, выходившему из опер-блока. И каждый, каждый говорил мальчику, что все будет хорошо. Взрослые, куда-то спешившие люди в зеленых одеждах, останавливались, чтобы поддержать почти плачущего пацана.

— Не волнуйся, парень, все хорошо будет, — улыбнулся ему очередной доктор. — Твоя девочка будет жить, ходить, может быть, даже бегать.

— А вдруг... — прошептал Герман Штиллер. — Вдруг что-то случится.

— Не зови беду, мальчик, нельзя, — объяснил ему посерьезневший врач. — Нужно верить, что все обязательно будет хорошо.

— Я... я буду! — воскликнул мальчик.

Мама обняла его, грустно улыбнувшись. А доктор поспешил дальше, думая о том, сколько их, для которых оперблок — последняя надежда.

Операция закончилась, Рие перевезли в реанимацию, что было нормальным, и Германа к ней пустили сразу, чтобы он мог убедиться, что его девочка жива. С каждым днем Рие становилась все ближе мальчику, как рука, например — он просто не представлял себе разлуки с нею. Это понимали и мама, и папа. Ведь и девочка любила его так, как бывает только в сказках.

Потом я открыла глаза, и там был Герман. Он гладил меня и что-то говорил тихим голосом, но я все равно услышала. Потому что мне не приснилось — он называл меня любимой и самой родной. Я сразу стала такой счастливой, просто невозможно сказать какой! Поэтому я улыбалась и Герману, и маме, и папе, и доктору, и даже тетеньке... Встать было нельзя, но лежать без моего жениха я не соглашалась и приготовилась заплакать. Добрый доктор погладил меня и сказал, что хорошо. А что «хорошо» я поняла, только когда меня увезли из... этой... ну, где я лежала, и опустили на кровать, а рядом сразу же постелили и для Германа, чтобы я не плакала.

Оказалось, что и здесь я очень-преочень важная. Это меня так удивило, что я переспросила, а тетенька медсестра улыбнулась и погладила меня. Это ответ?

— Это ответ, родная, — объяснил мне мой мальчик. — Ты очень важная, потому что это ты.

— Я тебя люблю, — сказала я ему, потому что это ведь так и есть. — Ты самый-самый!

— Чудо мое, — улыбнулся мой жених. — Только мое, никому не отдам.

— Не отдавай меня, пожалуйста, — попросила я его в ответ.

Он пообещал, что никогда, а я опять стала очень счастливая. Потому что у меня есть Герман. И я у него есть. А еще у нас есть мамочка и папочка, они самые лучшие и никогда нас не предадут... я верю...

Заживлялось хорошо, так доктор сказал, потому что на ножки надевали такой специальный аппарат, только я не запомнила, как он называется. А Герман сказал, что пока на ножки смотреть нельзя, и я не смотрела, потому что очень послушная, просто очень, даже мой жених сказал, что я послушная и лапочка, а еще любимая. Он начал мне это часто говорить, отчего в груди все замирало и хотелось все больше улыбаться.

Как-то вдруг я перестала быть плаксой... Может быть, это потому, что я буду ходить? Я это знаю, ведь так сказал Герман. А когда ножки поджили, нужно было делать массаж, и Герман меня гладил; это было так приятно, просто до мурлыканья, вот. Однажды я обнаружила, что у меня «там» растет шерстка и очень испугалась. Спросила маму, почему она растет, а мама улыбнулась, ответив, что я готовлюсь стать девушкой.

— Герман, а это хорошо или плохо? — сразу же спросила я своего жениха.

Он немного растерялся, а потом сказал, что все хорошо. Мы все равно друг друга не стесняемся, несмотря даже на то, что растем, потому что мы семья. Ну, я так думаю, а Герман просто улыбается и рассказывает, какая я хорошая.

Он — настоящее чудо моей жизни. Наверное, я живу, потому что есть он.

— Ноги не болят? — поинтересовался доктор Маркони, а я ему честно ответила, что немножко. Он меня опять наругал, потому что я не сказала сразу, но очень мягко, мне даже не захотелось плакать. — Все хорошо будет, ты сможешь ходить.

Прошло две недели, и однажды мне показали ножки, которым не было больно. На них появились шрамики, но это не страшно, потому что Герману все нравится, а это самое главное. Теперь меня нужно массировать и тренировать, и тогда... Тогда однажды я смогу встать. Сама! Я буду стоять и обнимать моего Германа, как во сне, потому что он мое чудо. Самое чудесное чудо на свете. Я счастлива.

Мы уезжали, но я не плакала, потому что знала, что буду ходить, обязательно буду. И еще — танцевать, потому что добрый доктор Маркони исправил мои ножки. Это же счастье? Вот. А еще Герман, он радуется, наверное, даже больше, чем я, потому что мы есть друг у друга и так будет всегда. И папочка, и мамочка согласны, чтобы так было всегда, потому что это же Герман!

Пролетела зима, и вот в один прекрасный день... Очень прекрасный, не сомневайтесь даже, случилось то, что запомнилось навсегда. Меня подняли на ножки! Я стояла, держась за Германа, и плакала. Я просто рыдала, не знаю отчего, потому что меня держал Герман, а я обнимала его, почти повиснув, и плакала. Все вокруг было таким пугающим, потому что высоко же очень, непривычно.

— Маленькая моя, чудо мое, — шептал мне мой Герман.

Он понял. Разве могло быть иначе, ведь это же Герман! Я просто не могла поверить, что стою... Жалко, что недолго, но самое главное было в том, что я могла стоять! Я! Могу! Стоять!

— Умница, доченька, — погладил меня папочка. — У тебя все получится!

А мамочка плакала вместе со мной. Она была тоже счастлива.

Я давно забыла, что папочка и мамочка мне не родные, потому что они на самом деле родные. Они меня так любят! Я даже не представляла себе, что можно так любить. Иногда мне кажется, что я Германа люблю меньше, но мамочка сказала, что это разные вещи, потому что я их доченька. Сколько же нежности в одном только этом слове! Наверное, не все смогут это понять, потому что есть девочки, которые привыкли к тому, что есть мама и папа, которые любят так, как будто есть только доченька или сыночек на свете, а я... Это чудо, просто поверьте, настоящее чудо...

Прошло совсем немного времени, и я уже могла простоять целую минуту. Но однажды мне вдруг стало грустно. Почему-то накатила тоска и опустились руки, мне начало казаться, что я никогда не смогу ходить и что все, что было, мне приснилось. А потом я увидела во сне, что я опять Марьяна и меня опять бьют, только почему-то не попу, а... совсем другое место. Было так больно, что я закричала и открыла глаза, но сон как будто пришел со мной — я описалась чем-то темным, страшно испугалась и... не помню.

Проснулась я уже в трусиках, каких-то необычных. Меня обнимал Герман, а мамочка гладила по голове. Как только я проснулась, мне дали таблетку и сказали, что сейчас все пройдет. Оказалось, что у меня ме-на-рхе*. Я сначала не поняла, что это такое и почему так больно, но мамочка объяснила, что у всех девочек такое раз в месяц бывает и это значит, что я выздоравливаю. Потому что девочка становится целой девушкой, готовясь сделать малыша. Правда, до малыша еще долго ждать, но теперь мне нужно учиться не пугаться крови «оттуда». Оказалось, что я сильно напугала Германа своим криком, поэтому я долго извинялась.

— Прости, прости меня, — я обнимала своего жениха, потому что было очень страшно.

— Все хорошо, моя маленькая.

Герман был очень бледным, но не сердился на меня. Не знаю почему.

— Я не специально, — сказала я ему.

Мой жених засмеялся, а еще мамочка засмеялась, и папочка потом тоже улыбался. Это значит, на меня не сердятся, я даже спросила папу.

— Доченька, менструация — это нормально, — ответил папочка и снова улыбнулся. —

———————

* Первая менструация.

Тебе не за что просить прощения, никто на тебя за это не сердится.

— Ты мне не веришь? — Герман притворился, что обиделся, но у него в голосе слышалась улыбка, а когда обижаются, то плачут, а не улыбаются.

И я тоже улыбнулась…

Целых пять дней «там» и в животике было больно, но таблетки помогали, поэтому я старалась не плакать, а меня хвалили и обнимали. Потом все закончилось, Герман меня помыл, потому что я боялась «там» касаться, а потом пришла мамочка и рассказала про прокладки, потому что тампоны мне нельзя, а прокладки — они на трусики клеятся и пьют кровь, которая из меня льется. Но это нестрашно, потому что у всех девочек такое есть, поэтому бояться не надо. И я не боялась, потому что мамочка так сказала. Поэтому я улыбалась. А мамочка рассказывала, как надо правильно за собой ухаживать и как мыть, потому что я же буду ходить и мне нужно будет. Обязательно!

Реабилитация

Хотелось бы сказать, что я просто встала и пошла, но это оказалось не так просто. Сначала была гимнастика. Она бывает двух видов — пассивная и активная. Пассивная — это когда моими ножками шевелят, а я ничего не делаю. Герман поднимал мне ноги, и это поначалу было больно, не очень сильно, но все-таки, потому что они же отвыкли... И массаж... нужно массировать с силой, чтобы не застаивалось что-то там, я не помню что. Каждый день Герман меня массировал, и папочка тоже, а мамочка нет, потому что это тяжело. А потом началась активная гимнастика...

— Я устала. Может, ну его, останусь в коляске? — почти плакала я, но Герман меня уговаривал.

— Нельзя сдаваться, любимая, — шептал он мне и целовал так нежно-нежно, что у меня появлялись силы. — Давай еще разок попробуем?

— Я не могу уже, — хныкала я, как совсем маленькая, когда уже никаких сил не оставалось, но мой жених... Какое счастье, что он у меня есть!

— Еще разок, а потом я тебя размассирую, — обещал он мне и всегда выполнял свои обещания.

Мышцы сопротивлялись и болели так, что я плакала. Но это было очень нужно. Если бы не Герман, я бы сдалась, даже мамочка и папочка не помогли бы, наверное. Он как-то находил слова и целовал... А однажды даже в губы поцеловал, и я почувствовала себя такой счастливой...

Все равно это было очень тяжело. Мы занимались, наверное, месяца три, чтобы я могла встать и сделать свой первый шаг. Здоровые девочки, может, и не поймут меня, но ведь это же *первый шаг*! Самый первый, и я его сделала! Мой Герман держал мои руки в своих, а папочка подстраховывал, и я... Я это сделала! Пусть первый шаг был маленьким, но я теперь знала, что буду ходить! Слышите, люди? Я буду ходить!

А потом надо было идти вперед, но я уже знала, что могу, и шла. Шаг за шагом, держась за руки моего жениха. А мамочка плакала, когда видела, как я иду. Я тоже плакала. Сначала от счастья, от того, что я могу. Потом от усталости, от боли, от тяжести... Но меня вел мой Герман. Опять уговаривая, снова находя слова...

— Я люблю тебя, — сказала я ему, почти упав.

Но мой жених меня поддержал. И опять повел по дорожке.

— Я люблю тебя, — ответил он.

И я знала, что это так, ведь это же мой Герман!

— Такое счастье, что ты есть, — призналась я ему, а он обнял меня крепко-крепко, и я была счастлива.

Пусть мне еще больно ходить, но я такая счастливая! Вечером я рассказывала мамочке, что я очень-очень счастливая, потому что у меня есть Герман и они с папочкой. А она плакала и говорила, что я самое большое чудо на свете.

Каждый день, понемногу надо было ходить. Остальное время я оставалась в коляске, потому что если много ходить — сердцу это не нравится, у меня темнеет в глазах, и я задыхаюсь. Уроки были все так же с кислородом, потому что папочке не нравится, как реагирует сердце. Но мы с Германом верили, что все будет хорошо. Потому что иначе просто не может быть.

А потом мне исполнилось тринадцать лет. Мне самой не верилось, что я жива и что хожу. Пусть немного, но хожу же! И это просто невыразимое счастье. Мамочка и папочка взяли отпуск на работе и отпросили нас из школы — потому что даже на домашнем обучении нужно из школы отпрашивать, так положено, — чтобы целую неделю побыть в Италии, где есть море, много песка и добрый доктор-ангел, который меня спас. Для него я даже прошла немного, а он так улыбался, что хотелось плакать, и я плакала, конечно, потому что я иногда плакса, теперь уже не так часто, как раньше, но я такая и с этим ничего не хочется делать. Потому что мне Герман разрешил, вот! Я чувствую, как будто стала старше, но для моего жениха я готова быть такой, какой хочет он. Потому что это Герман — самый важный в моей жизни человек. Ведь он, разрешив быть его невестой, спас меня тогда, в самом начале, когда я всего боялась.

Папочка и мамочка потратили свои сбережения и даже взяли кредит, чтобы поставить меня на ноги. Это... Это просто чудо, я, наверное, никогда не видела таких людей. А мамочка мне объяснила, что ради своих детей можно перевернуть небо и землю. А деньги — это неважно, потому что важна я... Могла ли я подумать три года назад, что буду важной?

— Пойдем плавать, — предложил мне Герман.

В этом году в Италии очень жарко, поэтому нам разрешили плавать.

— Да, любимый, — ответила я ему, потому что это правда.

С трудом поднявшись из кресла, я медленно пошла рядом с ним к плещущейся полоске воды. Идти по песку было очень тяжело, но я смогла, а потом мои ноги обняло море. А животик — руки Германа. И я опять была счастлива, потому что это же он...

Мы плескались в воде, мне совсем не было тяжело, но потом я не смогла нормально выйти. От этого я сильно испугалась и описалась, только в море этого не видно было. Когда я пугаюсь, то становлюсь очень маленькой, а когда нет, то я большая-пребольшая. Но тут мне стало страшно, случилась неприятность и еще я заплакала, а Герман... Он меня поднял на руки. Ему было тяжело, я же видела, но он нес меня к коляске и улыбался. Это было такое чудо...

В клинике доктор Маркони сказал, что я молодец и у меня все будет хорошо, только нужно каждый год приезжать. Это было так радостно — я молодец, потому что так сказал доктор, который ангел для всех таких, как я. Потом я увидела в холле девочку в коляске. Она выглядела очень растерянной. Рядом стояла и гладила ее, наверное, мама. Когда такая нежность — это точно мама. Девочка почти плакала, и тогда я подъехала к ней в коляске и встала из нее, чтобы присесть рядом.

— Не бойся, — сказала я незнакомой девочке. — Доктор — настоящий ангел, он обязательно тебе поможет.

— Я верю, — ответила она.

А моя мама рассказывала ее маме обо мне. И на лицах у всех появлялись улыбки. Потому что счастье же.

Мы вернулись в Германию, и почти сразу папочка получил какое-то письмо. Он прочел его, а потом сказал мне, что будет сюрприз. Я люблю сюрпризы, а еще люблю быть маленькой. Иногда мне кажется, что я навсегда такой останусь; Герман говорит, что не надо об этом думать, потому что все придет в свое время. Я и не думаю, потому что мне так хорошо. Ходить мне еще сложно, даже очень, но папа запретил перегружать сердце и... ой! Доктор же сказал, что у меня обязательно когда-нибудь будет малыш. Я смогу! Я такая счастливая была, и мне показалось, что он понимает мое счастье.

Так вот, о сюрпризе. Однажды утром мы сели в мамину машину и поехали куда-то далеко. Я не спрашивала куда, потому что сюрприз же. Нельзя спрашивать, а то еще сюрприз испортится, и папа расстроится. А папу нельзя расстраивать, и маму нельзя, а Германа вообще невозможно. Поэтому мы ехали, а я предвкушала. От родителей и Германа любой сюрприз в радость, даже... Но о ремне думать нельзя, мне Герман запретил, так и сказал: «Даже и не думай». За это время я уже, наверное, привыкла к тому, что я очень важная и бить меня не будут, потому что тех, кого так сильно любят — не бьют. Даже если наказание... Папочка сказал, что меня не за что наказывать, а мамочка просто погладила.

Мы ехали, я прижималась к Герману. Из-за тренировок у меня иногда появляются судороги ног, это больно, а иногда тяжело дышать, для этого у нас есть мобильный концентратор. Мне, кстати, уже легче произносить сложные слова, и я их не забываю. Это очень радует родителей и Германа. Папочка что-то сделал, и теперь я их дочка, но мы сможем пожениться потом с Германом, если... если он захочет. Когда я думаю о том, что он может не захотеть, то плачу. Папочка видел, как я плачу, и даже расспросил об этом, а потом наругал, попросив доверять жениху. Я пообещала, ведь это же Герман.

Мы приехали в какой-то город, сразу же заселились в гостиницу, чтобы покормить меня, а потом и поспать. Из-за меня папа едет медленно, потому что укачивает сильно. Если другие это расстояние пролетают часа за три, то нам почти весь день нужен, но я уже не думаю, что ненормальная или неправильная, потому что я особенная у мамочки и папочки. А у Германа я самая лучшая, он сам так сказал. А мой жених... Он жизнь моя, душа моя, без него не будет и Рие.

Мы остановились в отеле, поели и улеглись спать. Интересно, какой сюрприз приготовил папа? Герман лежал рядом со мной и рассказывал, какая я хорошая, как он меня любит, а потом я рассказывала ему, что он мое... все. Совсем все на свете. Мы обнимались и даже целовались. Совсем по-взрослому, меня мой жених научил! Я просто плыла в нежности, ведь это же он. И я... Мы навсегда вместе, так Герман сказал, разве ж можно ему не верить?

Утро началось, как и каждое утро: туалет, это важно, потому что от напряжения могу не удержаться, гимнастика, массаж, таблетки, которые до завтрака, завтрак, таблетки, которые после завтрака, опять гимнастика, чуть-чуть походить, массаж, душ, и... И мы поехали к нашему сюрпризу. Всю дорогу папа уговаривал меня не сильно волноваться, потому что сердечко может быть недовольно. Я сказала, что очень постараюсь.

Мы подъехали к обычному дому, на пороге которого стояла улыбающаяся тетя. Она смотрела, как меня вынимают и пересаживают, потому что сама я сразу после машины не могу — сначала надо массировать, а потом я смогу немного походить. Но папа сказал, что мы в гости приехали, поэтому не надо меня мучить. Зачем-то Герман начал меня уговаривать не протестовать против кислорода, и я согласилась. Странно, я же никогда не сопротивляюсь, потому что послушная, но сегодня почему-то разволновалась. Наверное, потому что сюрприз.

Меня подвезли к женщине, и мы представились друг другу. Папа улыбался так хитро, что мне стало беспокойно.

— Габриела Шмидт, Герман Штиллер, — сказал папа, показав на нас.

Я увидела, что женщина очень удивилась.

У нее глаза стали большими и круглыми, как у совы, наверное.

— А это, дети, позвольте вам представить, — улыбнулась мамочка, — Аннемария фон Кшиштофф.

Я чуть не задохнулась от изумления, но концентратор мне не дал этого сделать. Это же та тетя, которая написала книжки про мальчика, которого обижали*. Все вошли в дом, а я ехала рядом с ней и просила разрешения ее потрогать. Тетя Анне — она сама так попросила ее называть — сказала, что пишет историю о мальчике, но не знает, откуда мы узнали об этом, ведь эту книгу еще никто не видел.

Я рассказала ей про девочку, которая была никому не нужна. Я описала историю жизни Марьяны, и плакали все, даже прижимавший меня к себе Герман. Тетя Анне сказала, что не знала о том, как плохо быть никому не нужной. А потом папа вспомнил, как я испугалась фамилии Шмидт, и все невесело посмеялись. Мы еще долго беседовали. То Герман, то я говорили о том, как мне было тяжело поначалу,

---

* Существование книги с подобными героями, как и имя женщины, является плодом фантазии автора.

как я была счастлива, что не маг. Потом тетя стала серьезной и спросила, действительно ли сказка такая страшная? А я... я плакала. Потому что я согласна и на фенке, и на линдворма, лишь бы были мамочка и папочка, а за Германа я даже на Фафнира согласна. Тетя сказала, что постарается, чтобы любовь была настоящей.

Вот такой сюрприз получился у папочки. Он меня, наверное, полностью успокоил. В мире нет места для приключений мальчика Вилли, он остается сказкой. Через несколько лет я получила по почте книжку с посвящением от тети Анне, хотя мы и до этого переписывались и встречались. Она пожелала мне счастья, а я сказала, что и так счастливая, потому что у меня есть семья. И самый главный в жизни — мой Герман.

www.ingramcontent.com/pod-product-compliance
Lightning Source LLC
Chambersburg PA
CBHW020726160726

47993CB00006B/2372